不如相见于餐桌

这当然是一本和饮食相关的书，但入手的角度却是人物：是那些通常躲在厨房，只以手艺示人的大厨；是那些用文字讲述色香，真人本相往往只在屏幕背后的美食作家。盛一虽然自叹是个不成功的小说家，但笔下这种种人物栩栩，读来好比同赴饭局，让人看到饮食一事的立体；那毕竟是人与人之间最亲密，也最古老的一种交流。

——梁文道

不如相见于餐桌

高盛一 著

南方传媒 | 广东经济出版社
·广州·

图书在版编目（CIP）数据

不如相见于餐桌 / 高盛一著. —广州:广东经济出版社，2022.10

ISBN 978-7-5454-8255-3

Ⅰ. ①不… Ⅱ. ①高… Ⅲ. ①散文集－中国－当代 Ⅳ. ①I267

中国版本图书馆CIP数据核字（2022）第022438号

责任编辑：刘 倩
责任校对：张钰晴
责任技编：陆俊帆
营销编辑：江嫔嫔 李泽琳
装帧设计：友间文化

不如相见于餐桌
Buru Xiangjian Yu Canzhuo

出版人	李 鹏
出 版 发 行	广东经济出版社（广州市环市东路水荫路11号11～12楼）
经 销	全国新华书店
印 刷	广东鹏腾宇文化创新有限公司 （珠海市高新区唐家湾镇科技九路88号10栋）
开 本	880毫米×1230毫米 1/32
印 张	8
字 数	120 千字
版 次	2022年10月第1版
印 次	2022年10月第1次
书 号	ISBN 978-7-5454-8255-3
定 价	59.00元

图书营销中心地址：广州市环市东路水荫路11号11楼
电话:（020）87393830 邮政编码: 510075
如发现印装质量问题，影响阅读，请与本社联系
广东经济出版社常年法律顾问：胡志海律师

·版权所有 翻印必究·

Preface

推荐序一

一姐的盛宴

1

盛一好像是蹦出来的一个人，突然就出现了。

2017年的6月，我偶像黄爱东西组织了一个广州女作家饭局，地点在高德置地的宴江南，她说这家是一姐帮我们订的，一定好吃。

一姐这个名字在广东话里就是No.1的意思，叫得一姐的人都好有气势，好江湖，结果一见面，发现一姐不但不江湖，而且十分羞涩，是一个满头浓密乌发不怎么说话爱躲在一边笑嘻嘻看着大家的邻家小女孩。

一姐之所以叫一姐，纯粹因为名字里

带个"一"，她叫高盛一，结合她羞涩躲闪的性格，我觉得这名字更像是一种调侃，但话又说回来，名字也未尝不是一种隐秘的召唤，反正在我心里，一想到她就觉得安心和靠谱，外地朋友一来要安排吃饭的地方，我第一时间打电话找她咨询，毕竟广东的饮食界，我认识的一姐就只得她一个。

平时见面并不多，在各种饭局上远远地见着，我们都有社交障碍症，但都很恋物，每次见面我都能在她身上找到一两样让我眼前一亮的东西——某条红色的羊毛阔腿裤，一只旧金色的卡地亚小钉子戒指……顿时有一种心意相通的喜悦，我喜欢好品味的女人，因为我知道好品味这东西不会是单一的。

所以有幸被一姐喜欢的人是幸福的，因为她不吝于当面表达她的爱，尤其，是在喝醉之后。

去年圣诞节前的一天，一姐喝醉了，打电话给我一定要我去吃饭，我说我不出门了，你实在要见面就来我公寓吧，结果她跟着一帮朋友"杀"到公寓，我向来怕喝醉的人，但不知为什么一姐喝醉了只觉得可爱，她热情地抱来抱去，毫不掩饰地表达着爱。"我喜欢有才华的人，"她大声说，我不由窃喜，然后她又加了一句："一切有才华的人。"——这时我才知道，我跟她最大的区别在于，我真的只是恋物，而她，还恋人——她是真的无条件欣赏一切有才华的人。

2

所以，才有了这本《不如相见于餐桌》。

别的美食作家写书都在写食物，但高盛一不一样，她写的是人。

当然，她也会在里面写惊为天人的美食。

"牛肉只约略煎过两面，深粉红色，脂肪纹路细致可辨，上面搁着一件澄黄如月的海胆，垫在底下的是黑麦薄烤饼，顶上覆一片薄如蝉翼的白萝卜，青嫩绿芽装点，宽阔白盘子空旷静谧如池塘，有没有一点莫奈的腔调？"

但是这些都是头菜，或者都是边菜，这本书的核心是在写制造美食或者生活在这些美食中的趣人。

这就不得不提到她的职业，盛一的身份很复杂，她跑时尚，也跑美食，还跑酒店，媒体圈的人会把她归为美食记者……广州的美食记者与其他地方的不一样，格外有一种职业的尊严，识食、懂食，好品味，还要有一手好文字，这不外乎因为粤地的美食文化源远流长，独一无二，粤港澳一脉相连、遥相呼应，美食界藏龙卧虎，世家公子们开家酒馆食肆再寻常不过，名人雅士们点评不辍，还要亲自下厨试菜，所以广州的美食记者有着天然的地域优势，他们生活在中国最讲究食物的区域，更有着对于美食的不同理解，日常生活里除了四处品尝佳肴美酒不消说，每日还有无数新开的五星级酒店与米其林餐厅要认真探访，所以广州的美食记者们个个见多识广，无他，广州、深圳、顺德、中山、佛山、香港、澳门一轮跑下来，什么样的桌面、什么样的人物没见过呢？

2010年，正是广州饮食盛世，五星级酒店一家一家地开，高盛一这位二十出头的姑娘，事实是，“刚从暨南大学研究生毕业，就在《橄榄餐厅评论》杂志当记者”。身边都是爱吃的人，同行都是会写的高手，抬眼所见都是当时得令的高人，偏巧，盛一还有一对特别能欣赏人与物的眼睛，在美食圈行走的11年里，盛一怀着某种内心深处抵死浪漫的精神写了她认识的喜爱的16个人，有男有女，有老有少，有常常被林青霞、刘嘉玲提起的大师蔡昊，有惊鸿一瞥的道长梁文道，有客似云来的广州“惠食佳”餐厅传奇主理人伍先生，也有广州美食圈最帅的男人黄山，还有大杀四方的彪哥……

她写他们的长相，三笔两笔，已跃然纸上。比如广州美食圈的“大姐大”容太，“头发剪得极短，脑后鬓角都推铲出青皮来，背后看是个小男孩，转过头来，剃得尖尖的眉尾与向上斜飞的眼影，凌厉，又娇媚。”（摘自《容太》）。

她写与他们怎么认识，怎么吃饭，怎么打招呼。

“夏天的一个夜晚，我去寿司店吃饭。到了才发现，板前最好的两个位置已经有客人坐了。只好挨着在旁边坐下，余光扫了一下，邻座在喝年份香槟，而且非常懂行的是冰过的白葡萄酒杯。

“馋酒，心痒痒的，忍不住再瞟一眼，那人正好转过头来跟寿司师傅说话——咦，这侧脸，这么熟悉？忍不住大叫出来：‘蔡老师！’

“‘老师’不是客气话，蔡昊在饮食领域一直是我的引路人。这两年他奔走于北京、香港，在广州的时间不多，约都约不好。从前我不信毛姆的小说——他怎么能三番五次总跟故事里的人物偶遇，想不到我也有这样的机缘。接下来当然是加杯子蹭酒喝。有蔡老师在，肯定有好酒。

“那天他喝得高兴了，说：‘我答应你两件事，我跟杜琪峰导演约好了十一月有时间就去潮汕吃东西，可能还有Sammi跟红姑，去的话带上你；另外，明年我要去苏格兰，麦卡伦25年装桶，到时也带你去。’

“蔡昊，或许他更为人熟知的名字是‘好酒好蔡’，那也是他餐厅的名字，现在广州、香港各有一间。大导演杜琪峰有段时间把‘好酒好蔡’当饭堂，一个礼拜去几次，说是‘全中国最好吃的中国菜’。爱去‘好酒好蔡’的大明星很多，有位以知性著称的女演员，最爱甜品牛油果官燕，一连能吃四份。前两年，贝克汉姆夫妇还把蔡昊团队特意请到伦敦主理家宴。”（摘自《好酒好蔡》）。

她写他们的传奇故事，其中有如何从大沙头，从龙津路一爿小店走到了滨江西路这水晶灯下的迷离世界的饮食大佬：

“伍先生讲起这段往事时，背靠在深棕色半旧宽厚皮沙发上抽雪茄，缓缓吐出白色烟圈，茶几上的小台灯正好挡住他的脸。半旧小台灯有个圆鼓鼓的绿玻璃底座，整个房间透出上世纪30年代气质。上海滩上，有两个人爱收这些老东西，一个是张信哲，一个是他。”（摘自《伍先生》）。

“正好顺路，傍晚先去他入住的酒店大堂碰头。走出来的时候，我留意到，他跟身边经过的每一位员工点头示意——把头完全转过去，直视对方双眼，停顿片刻，郑重其事点点头，而他们也回以无声的招呼，从眼神看得出来，这些天出出入入，他们已相当熟稔，尽管没有出声，尽管彼此都隔着口罩。”（摘自《道长》）

3

这本书里的16个人，有着各种各样的身份，有法国的米其林大厨、香港半岛的总厨，有众多周知的专栏作家，有名震粤港澳的美食大师……

我问盛一用什么标准选择这16个人，她睁着玫瑰色的眼珠子半真半假地说：“编辑问我这本书写的是不是影响华南饮食圈的大佬，我说不完全对，如果按照影响力，我还可以写谁谁谁，但我就是想写那些对我影响最大，我最喜欢的人。”

所以，你在这本书里不仅可以学到很多东西，还可以见到许多世面，原来高人是这样的：“夜里十二点多收工以后，一个人过来这里喝两杯，吃几道简单的食物，炒苦瓜什么的。店里的人都认得他了，彬彬有礼的西装男子，笑眯眯，不大说话。”原来千亿老板吃的是这样的餐：“有次他做了个千亿晚餐（饭桌上五个人身家都过千亿），顶级富豪晚饭吃什么？我一看菜单，也还是微麻参条、清汤炖羊排、脆皮猪手、大肠芥菜煲、油渣炒芥蓝、鱼片粿汁……”

写美食写到如这个时代的《世说新语》，盛一做到了。

这世上有两种作家，一种作家在写这个世界有多残酷，一种作家在写这世界有多美好。这当中没有高下之分，只有选择的不同。盛一的方法就是她只与美的、好的人为伍，她一路行走，边走边看，带着半醉的心情，眯着眼睛在寻找那些她觉得美的、爱她的、她喜欢的人，并把他们一一写进她的玫瑰色的文字里。

“假如你有幸年轻时在巴黎生活过，

那么你此后一生中不论去到哪里她都与你同在，因为巴黎是一场流动的盛宴。”海明威怀念盛世的巴黎，但这场流动的盛宴之所以存在是因为“极少数像春天那样美好的人”，一个一直想做小说家的女孩，在最年轻的时候在最繁盛的广州美食时代生活过、经历过，和那些美好人物相遇过、邂逅过，她把她这些年饮食生活里最美好、最奢华、最让人迷醉的那一部分采摘下来，放到这本书里，与我们分享。这是独属于她的个人记忆里的一场流动的盛宴。

玫瑰色的眼睛里，一切都是罗曼蒂克的，而这本书是一切罗曼蒂克的总和。

黄佟佟

（资深媒体人，作家，

“蓝小姐和黄小姐”联合创始人）

Preface

推荐序二

高盛·一姐

我是这样介绍作者的：她是高盛、一姐！初听到名字时，闭上眼睛，感觉瞬间变身“金融大腕”，场景是脑中的那种天掉金币，眼前一片金光耀现！记得住。

高盛一是一位非常感性的作家，对生活充满好奇心，喜欢用自己写出来的情景去润色现实中的寻常与熟视无睹，文字非常灵动有力，现实中难得一见的梦幻在高盛一笔下与饭局之间可以无缝穿越，很美！

很多大的品牌，包括酒店、餐厅或者旅游胜地等都会邀她去做产品体验，希望她去感受别人感受不到的感觉，写出来分享给大家，日积月累就形成高盛一对生活的独特视角和审美品位，写人物的文章既真实洒脱又有童趣梦幻，描述事物充满着小资情调又多少带点调侃与批判，这也是大家喜欢她的文章的原因，这么些年我也从她的文字世界里触碰到很多美丽的彩虹。

饭局上她总是最清醒的，生怕漏掉了谁的金句、错过了谁的灵光一闪，有时候吃到一半突然打断我，“等一下蔡老师，您刚才说的能不能再讲一遍”……在高盛一眼里，朋友间的聊天可能是她脑子里面剪辑的电影画面，随时可以暂停、快进，蒙太奇的饭桌上又能够顺其自然地给接了回来。所以我只有先来瓶冰透了的香槟，然后是醒到位的红酒再加上单桶威士忌……三两下的，酒量欠奉的高盛一才开始放松自己，你也才有机会从她口中得到一些鲜为人知的好玩段子和某些角色的八卦。

这疫情，好久都没饭局了，听朋友说她的酒量上去了，什么酒混着喝一点都没问题，现在约她吃饭，她会来一句：“有没有‘蔡昊精选’？”

蔡昊

（著名美食家，“蔡昊精选”及“好酒好蔡”创始人）

Preface

推荐序三

人生，不过是粗茶淡饭，微醺一场

记得十几年前我刚刚踏入媒体行业的时候经常有各种饭局，大家每天打扮得光鲜亮丽地去跑“活动”，来来去去都是那么些人，偶尔遇到知心的多喝几杯，当然也有很多以假笑平淡收场的饭局。时间是一个好东西，除了磨炼生活，也能够筛选出朋友，于是在很多年后不做媒体了，大浪淘沙地还能够留下一些熟悉又能够交心的朋友，高盛一就是其中一位，不过大家都叫她“一姐”。

饭吃多了胃口难免刁钻，于是很多时候饭局前你都会问：“今天的饭局都有谁？”

和什么样的人吃饭就像是和什么样的人做朋友一样，记得有一年我当时的老板带我去香港出差，公关饭局大部分都是不好吃的，因为要么喝酒要么聊事儿，于是深夜的时候他说带我去吃一个“鸡煲”，我听完脑子里满是问号：“鸡煲”不是哪里都能吃到的吗?

可出于对我老板的味蕾的信赖度，最后还是去了，大排档就位于香港铜锣湾的一个小巷子里，如果不是专门找几乎很容易错过，十几个煲在木炭的炉子上冒着烟，厨师像是有三头六臂似的在几个锅里来回倒腾，对于一个在武汉出生长大，在上海生活的人而言，食物早已经没有太强烈的地域性，边等吃的边喝着酒，酒过了一小半，聊起的话题也越来越多，似乎老板也像是朋友一般熟悉和亲切起来，没一会儿这平淡无奇的路边摊“鸡煲”就被端了上来，只见汁水裹着鸡，少许香料味道迎面而来，是九层塔和香菜、葱花的味道，还有淡淡的蒜香，夹了一筷子到口里那一刻我还是惊呆了，浓稠的汤汁加上一口鸡肉的鲜甜之味至今都难忘，很多年后我的这个老板因为病痛离开了我，每次我去香港路过铜锣湾还是会想起那一晚我们坐在一起喝酒吃夜宵的情景。

食物就是这样，往往不抱有期待的相遇总会有一些微妙的牵肠挂肚，而对于写美食美酒，我经常都会词穷，因为万般滋味在心头，怎么可能是几句文字可以描述的，春日江南的春笋，夏天云南的菌子，秋天肥美的大闸蟹和冬日宁夏羊肉炉……

这些不过是万千美食的冰山一角，而食物的多样性像是人与人之间的关系。

高盛一就像是这万千食物中邂逅的“一味”，并且很对味，因为工作认识，而真正熟悉起来是因为大家都很爱美酒美食，虽然大家都叫她“一姐”，但实际上她是一个极具亲和力、谦和的人。

喜欢一件事情很容易，可是能够保持着持续的热情和专业度并不易，在她的笔下你看到很多熟悉又陌生的面孔，很多是餐桌上聊到的“大神们”，也有很多是你曾经光顾过的餐厅幕后那个神秘的主厨，食物就像人一样，用味道牵挂着彼此。

我时常在想为什么我们爱美食和美酒，因为本身它们就不分家，一个人的口味会影响着你交的朋友，能够吃到一桌来，喝到一起去才能成为朋友，而高盛一的这本书更像是这个难以预订的餐桌一般，每个人都想拿一个等位牌，看看什么时候可以跟着她的文字去徜徉这味觉的江湖。

人生本来就不会是一帆风顺的，而没有什么事情是一顿饭、一场酒不能解决的，不如先抛开手机，跟着她的这本书，去那个杯酒之间的江湖遨游一番吧！

阿Sam

（旅行博主、作家，
“阿Sam的午夜场”创始人）

Contents

目　录

好酒好蔡
——好酒要在好菜前面　2
大师姐
——江献珠的大徒弟　23
伍先生
——大公馆里的烟火气　37
容太
——我不是大哥　60
蚝爷
——为蚝痴狂　72
彪哥
——跃菜是粤菜吗？　87
方叔叔
——我的家在莆田　111
如意
——餐具像一个预告　127

Fusion
——世界在餐盘里融合 142
童颜文星
——香港别来无恙 152
饮家
——专业喝酒的人 169
食家
——食不厌精脍不厌细 178
无忌
——镜头里活色生香 187
道长
——认真吃饭也是修行 200
魔法师
——请吃下我的人生 216
天才少年
——饭桌上的博弈论 224

后　　记 230

不如相见于餐桌

好酒好蔡

——好酒要在好菜前面

1 干净，是一种气质

夏天的一个夜晚，我去寿司店吃饭。到了才发现，板前最好的两个位置已经有客人坐了。只好挨着在旁边坐下，余光扫了一下，邻座在喝年份香槟，而且非常懂行的是冰过的白葡萄酒杯。

馋酒，心痒痒的，忍不住再瞟一眼，那人正好转过头来跟寿司师傅说话——咦，这侧脸，这么熟悉？忍不住大叫出来："蔡老师！"

"老师"不是客气话，蔡昊在饮食领域一直是我的引路人。这两年他奔走于北京、香港，在广州的时间不多，约都约不好。从前我不信毛姆的小说——他怎么能三番五次总跟故事里的人物偶遇，想不到我也有这样的机缘。接下来当然是加杯子蹭酒喝。有蔡老师在，肯定有好酒。

那天他喝得高兴了，说：“我答应你两件事，我跟杜琪峰导演约好了十一月有时间就去潮汕吃东西，可能还有Sammi跟红姑，去的话带上你；另外，明年我要去苏格兰，麦卡伦25年装桶，到时也带你去。”

蔡昊，或许他更为人熟知的名字是“好酒好蔡”，那也是他餐厅的名字，现在广州、香港各有一间。大导演杜琪峰有段时间把“好酒好蔡”当饭堂，一个礼拜去几次，说是“全中国最好吃的中国菜”。爱去“好酒好蔡”的大明星很多，有位以知性著称的女演员，最爱甜品牛油果官燕，一连能吃七份。前两年，贝克汉姆夫妇还把蔡昊团队特意请到伦敦主理家宴。

至于蔡昊本人，唔，如果要拿一个人来打比方，让完全不了解他的人心里先有个感觉，我会用薛兆丰来做参照，就是那个前两年大火的经济学家薛教授。化工行业出身的蔡昊在饮食圈，就好比经济学家薛兆丰上综艺节目。他俩都算是专业人士一脚踩进另一个领域，共通之处却是都能用平实、直接的话语把原理本质搞清楚。外形也像，西装眼镜，从容幽默，总是云淡风轻，顶多嘴角向上一牵，微微笑笑。这种理性的姿态真是非常迷人，所谓 smart is the new sexy（聪明是一种新的性感），在他们这里，就是理性的魅力。

他俩都有自己的逻辑与节奏，不大受人影响。薛教授在节目上会对着哭哭啼啼的辩手说“你跑题了”。蔡老师做事也是这样，你试过跟他打边炉就知道。打边炉，总归是蔡老师来负责涮的。对于每样食材的熟度与大家进食的节奏，他有自己的要求。每样食材下锅停留多久，每一轮吃多久，他心里掐着计时器；要是谁吃慢了，下一轮他就给减少分量，移到别人碗里去。有一次酒商在“好酒好蔡”做晚宴，人家还在台上滔滔不绝介绍产品，旁边的蔡老师悄悄跟我说：“不要理他，先吃，待会儿菜冷了。”

神奇的是，这两个人对于美食的态度居然有相通之处。当然薛兆丰不是美食家（人家是经济学家），平常也不大讲到吃的，他说他对食物的基本要求是“干净”，肉就一块好肉，鱼就是一尾好鱼，菜就是菜，不喜欢混，不喜欢看不出是用什么做的“美食”……哈哈哈，这段话简直就是在形容“好酒好蔡”嘛。

干净，不只是说卫不卫生，而是一种气质。你看过“好酒好蔡”的摆盘就知道，食物放在白瓷盘子上，清清爽爽，干干净净。环境装饰亦是如此，即使是香港店，邓永锵爵士的设计一向繁复华丽，“语不惊人死不休”，在“好酒好蔡”，却有大量留白，明显感受得到克制与秩序感，因为蔡昊特意叮嘱他：餐厅部分不要镜面与眩晕，简净白色就好。

干净更在于菜本身。蔡昊自己就说：“我烧的菜喜欢干净，没有多余的东西，味道都在食材本身。”

2 烹饪的科学

他做菜的时候，总喜欢讲“简单做一做就很好吃了”——在食材优先的基础上，选择最合适的方式，不过度加工，他认为这是很简单的道理。

有人可能听到“食材优先”，就开始想象肯定有不少珍贵食材，尤其是餐厅位置隐蔽，订座制度这么严格。完全不是这么一回事。蔡昊的食材优先，并非大用特用昂贵食材，而是，即使寻常东西，也会精挑细选。

最早让他在饮食江湖成名的，是一道“令不吃胡萝卜的人彻底改观”的胡萝卜。白瓷盘子里，一截金红色的胡萝卜，渗透浓鲜。食客们都说没吃过这么好吃的胡萝卜。日本料理神人小山裕久说，做菜的人，要观察判断食材的状况，才能更有效地利用好；当然，如果是松茸这类贵重食材，不管是谁，应该都会逐一检查，那么柿子、红豆呢，也能细致以待吗？

“好酒好蔡”的胡萝卜就得到了鲍鱼那样的珍重对待。又比方说脆皮猪手，我前前后后吃过好几次，可以肯定他们是每一只猪手都要挑过的，大小形状那么均一，皮格外薄，肉几近于无。后来他用西班牙吃橡果的猪，不是因为名声响亮够矜贵，而是为了确保这种一致。食材品质不一样了，就得调整做法，一些招牌菜比如脆皮婆参早已升级到了6.0版本。

蔡昊早年在美国经营化工厂，闲来无事开始琢磨食材的纤维质和温度变化之间的关系。可能有人一听说氨基酸、蛋白质、分子结构、纤维质这类词，以为“好酒好蔡”提供的是让人目眩神迷的分子料理那一类菜式。

不是这样的。“分子料理”与“分子美食学”（Molecular Gastronomy）是两个概念。前者是风行一时的烹饪风潮，然而随之而生的“分子美食学”意义更为重大，因为这套理论提倡的是用科学的思维认识、理解烹饪过程。

经验丰富的厨师或者家庭主妇或许能够煮出一只漂亮的鸡蛋，而美食科学让你清清楚楚地知道为什么要这样做——不是因为师父、妈妈这样教或是菜谱上写着，当中是有基本原理的。掌握后，就能更好地控制自己做出来的东西。对于餐厅来说，这样也更利于出品把控，不依赖于某一个人的技艺。

蔡昊的知识背景与从业经历带给他的，是一种理性的思维方式：不仅知道how，也要知道why。他喜欢研究食材在烹饪过程中的变化，从而找到更合适的方法。这个方法或许很简单，有时候一点就透，未必多么艰深，也不一定要用到高科技——事实上他用得最多的可能是一只高压锅。

3 菜单是有悬疑色彩的故事

有人说，账单或许是最令人心碎的小

说；那么，菜单也可能是有悬疑色彩的成长故事。一份好的菜单，能够让你读懂大厨的出身、家世、师承、成长、机遇、格调与格局；吃着当中某些菜，你也仿佛来到他生长的地方，闻得到田里野菜香与巷尾烟火气，甚至还有爱情故事。

蔡昊是潮汕人，潮菜烹饪大师林自然给过他很大的影响。他说，林自然是一代宗师，洒脱、开阔，把传统潮菜用大格局表现出来。林自然提出“精细潮菜”，启发了蔡昊做精细中国菜。“好酒好蔡”的脆皮婆参，外层薄酥酥，里面像年糕一样软糯，颠覆了大家对婆参的想象。但他没有停留在传承，而是继续大踏步往前走。

最初让我产生疑惑的是酸辣翅。以酸辣来为鱼翅调味应该不算常见，至少不是潮汕菜的传统味型。后来他又出了一碗人见人爱的酸辣面。这是刘嘉玲的最爱，那一年她戴上皇冠大摆寿宴，就想用这酸辣面作为寿面，软磨硬泡让蔡昊给她做——那天我刚好在旁边喝茶，看他俩微信讲来讲去磨了几个回合，他终于答应带团队过去给她在香港君悦的寿宴做到会[1]。后来我在娱乐新闻上看到这星光熠熠的一夜，蔡昊自己跟杜琪峰、林青霞坐一桌。林青霞也喜欢吃这面，每次都要另外打包一份带给女儿。

蔡昊是什么时候突然对酸辣味型产生兴趣的呢？

一次出国旅行，我认识了蔡昊背后的女人。他早些年结束了第一段婚姻，一个人从美国回国，之后的感情生活，大家好奇却又不敢多问。毕竟他是名人前辈，即使能开玩笑，还是有点距离感。在私家海岛度假那些天，我第一次见到这么快乐放松而且很会撒娇的蔡老师。娜姐是西北人，对海鲜不太感兴趣，爱吃酸辣口味。蔡昊为了让她吃得满意，就开始琢磨，因此有了酸辣系列。

蔡昊认为酸辣都要调到一个合适比例，有层次交叠，而且如果余味太过黏稠，一直留在嘴里，惹人厌烦，还影响配酒。他用几种新鲜辣椒做调配，有辣感，却不会延续很长时间。自然发酵的手工醋有醇香味，但工艺不比葡萄酒简单，寻常买不到特别满意的，倒

① 到会：行业习语，指厨师到客人指定的地方现场烹饪。

不如用新鲜的柠檬，这种碱性植物不会分解蛋白而影响食材味道。“好酒好蔡”的酸辣，清鲜、轻盈、通透、明快，有层次、有变化。端上来就闻得见香气，吃完还老惦念着。

后来“好酒好蔡”的菜单上出现了微麻海参、微麻公肚，甚至麻香羊肉……唔，我心领神会。还有百香果奶昔，那趟旅程我们一群人在海岛上，娜姐每天早餐都给他俩拿好几个百香果，对半切开，倒进碗里，满满一大碗用勺子舀着吃。旁人都看得牙酸。

蔡老师平常总是淡淡的，肉麻起来也是真肉麻。有次我们在伦敦街头，走着走着他忽然带我们弯到一条小巷子里面去，巷子尽头是一间蓝色的地中海餐厅。我正纳闷，不是才吃过饭吗，又去餐馆？他笑道，上次我来伦敦，跟娜姐来这里吃过饭。啊哟，敢情带我们旧地重游来了。

娜姐坐月子常吃酸菜猪腰，猪腰总是蔡老师自己去菜市场买，切得大大块，咬起来才爽脆，用骨头、酸菜、辣椒熬的汤撞几十秒——“饱满的骚香”，特别美。这道酸菜猪腰后来也上了菜单。

“好酒好蔡”其实很多家常口味，最让我欢喜的是总有妥帖主食：老菜脯炒饭、甘蔗渣烟熏鸭肉炒饭、海参捞饭、汤河粉、酸辣面。有次他做了个千亿晚餐（饭桌上五个人身家都过千亿），顶级富豪晚饭吃什么？我一看菜单，也还是微麻参条、清汤炖羊排、脆皮猪手、大肠芥菜煲、油渣炒芥蓝、鱼片粿汁……

这种平实是很可贵的。我有时候觉得，人吃来吃去，最后还是要回到自己依恋熟悉的味道。蔡昊说，汕头好吃的也多是家常的，所谓传承，是因为我们的胃都有童年的印刻。

他本身就是自己的客人。可以想象，他把前几天在家里用威士忌和生抽加冰糖熬煮的红烧肉端上“好酒好蔡”餐桌；也可以想象，他开完会来一份脆皮猪手或是板筋鲜虾汤河粉——事实上，他就是这么做的。

蔡昊不是厨师，“好酒好蔡”的菜从他自己的生活而来，而他的见识与品位，让我更愿意将他视为生活家。

4 好酒在好菜之前

比起好菜，蔡昊更爱好酒。好酒是写在好菜前面的，或者用他自己的说法是：“好菜必须是为好酒服务的。”大哥餐厅的容太很早就发现了：“‘好酒好蔡’根本是为酒鬼量身打造的菜单。”杜琪峰导演那么爱吃好酒好蔡，不正是因为他是出了名的爱喝好酒吗?

蔡昊的酸辣系列，其实最微妙的一点是——酸也好，辣也好，都是在入口时有一种轻盈的刺激与勾引，不会一直在口腔里黏腻不散，影响接下来配酒。牛油果官燕，最初是特地为搭配苏玳的滴金而设计的：以植物蛋白来糅合贵腐酒的甜美；为免牛油果过腻，又添上一撮燕窝，撒一点烘干的酸梅粉，这样就有不同的味道层次。

到“好酒好蔡”去吃饭，如果带超过20年的老酒，可以不收开瓶费。蔡昊说，你尊重这顿饭，我们也尊重你的酒。

平常跟他吃饭，不管在哪儿，每顿饭至少有两到三款酒，酒一定比饭贵。餐厅位子还没安排好，我们就开始喝香气饱满的蒙哈榭；吃汉堡包，店里没什么好酒，他还是点了瓶香槟；有一次我们在伦敦还因为点酒认识了邻桌的熟客——点了相同的酒，餐厅却只剩下一支了，那人见蔡昊品位跟他如此默契，热情洋溢地走过来碰杯。我一看名片，

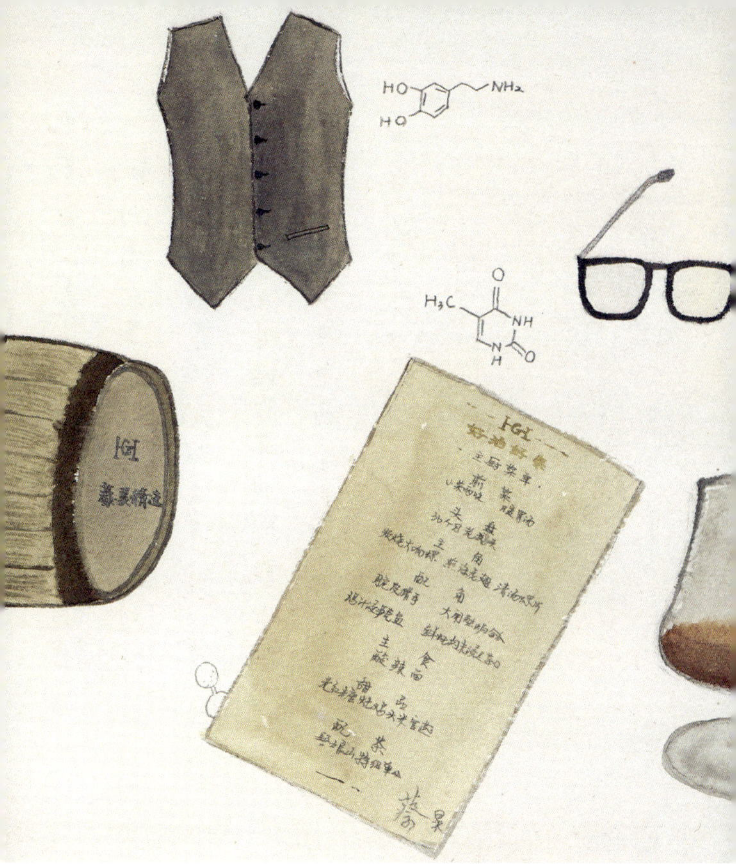

好吃。不是煮出来的。好吃。是组合出来的。

他说单一麦芽威士忌是。当你把一款酒喝透了以后。酒会跟你对话。喝12年的威士忌。就相当于跟一个24岁的男人对话。15年的。那就是30岁的男人。30年的酒。就相当于一个60岁的男人了。

嘛，是可口可乐大中华及韩国区总裁。又是一个毛姆式的际遇，以后大概可以写成个小短篇。

其实我们最初知道蔡昊，就是因为他爱酒懂酒。这个圈子里大多单一麦芽威士忌爱好者都受到了他的影响，我也是在他的引领下才推开这扇魔法大门。

“不要着急喝，先闻一下。”当年他带着我们这些初学者品酒，“如果觉得太烈，可以加点水，不要多，几滴，香气就释放出来了。”威士忌大概是所有酒类中含有最多芳香物质的，据说科学家能从中分析出600种以上的气味。如果在喝之前没有好好感受香气，丧失不少乐趣。

他说单一麦芽威士忌是，当你把一款酒喝透了以后，酒会跟你对话。喝12年的威士忌，就相当于跟一个24岁的男人对话；15年的，那就是30岁的男人；30年的酒，就相当于一个60岁的男人了。

蔡昊喝威士忌入行早、起点高，1995年第一次喝，就是一瓶1968年装瓶的麦卡伦25年。那时在美国跟一个犹太商人做生意，在他像皇宫一样的别墅私人酒窖中品尝到的，从此他迷上了单一麦芽威士忌，把以前积攒的钱都用来买酒，十几年下来，至少喝掉了几千瓶威士忌，私人珍藏也大多是限量装瓶的极品。

他向来大方，再好的酒也会拿出来跟大家一起喝，所以我们总是起哄要去喝蔡老师的酒。到了2014年底，第一次喝到了真正意义上的“蔡昊的酒”：他开始从苏格兰选桶定制“蔡昊精选桶威士忌”。第一批酒是一个西高地的酒厂Glenandrew，蔡昊的头像小小地印在酒标右上角。回过头来看，那个酒标设计实在有点草率——不过这很可能是第一次在苏格兰单一麦芽威士忌正面酒标上出现中文，更可能是第一次出现中国人的头像。

蔡昊精选，只做单桶。所谓单桶，就是从酒桶直接装瓶，一般不再冷凝过滤稀释调和。即使是同一个酒厂同一个年份，每一个单桶都有都有自己独特的味道与性格。比方说脸谱系列，两个桶组成一对脸谱，因为是由两个完全独立桶来装瓶的，“就像双胞胎也是有截然不同的性格和人生”。而且，产量显然更有限，每瓶酒上都会写着这是属于这一桶的第几瓶。

我很喜欢单桶所传达的这种趣味：未必最佳，未必完美，但就是独一无二、无可替代的。很像你生命中的某个人，或是某一段经历，某一个时期。

蔡昊精选十四周年特别纪念版，酒标上深蓝底色一圈圈金色圆环——是年轮。这个系列，纪念的是蔡昊从美国回来投身饮食行业，原来已经十四年了。

“好快呀！”他感叹道。

年轮上小小的字写着他的轨迹：第一圈是番禺，第五圈是上海，第九圈是广州，第十圈是香港，第十三圈是北京。他这几年不是没有起伏的。结束了一段婚姻，也有过事业的重创。他说，那一年，离开上海，几乎一无所有，回到汕头家里埋头睡了一个月，闭上眼睛，就是一片白，完全的白。眼前的蔡老师，平静淡定，根本不像经历过什么坎坷。如同一件白衬衣，起了皱褶，却在你还未留意的时候，已经熨烫平整。

年轮上的第一圈是番禺，那时候他把美国的房子卖了，回国后开了“大有轩”，在番禺市桥一个小区会所里。我第一次见到他也是在那里。那顿饭太惊艳了，到现在我还记得最后吃的马蹄糕，怎么能那么清甜？

那天晚上酒足饭饱离开餐厅，从车窗探出头去，蔡老师站在门口轻轻挥挥手，背后有光，他是一个剪影。那是番禺大有轩营业的最后一天。

5 好吃是组合出来的

写这篇文章，跟不同的人聊蔡昊。聊着聊着创新，朋友林珂忽然说到了毕加索，他说：在他之前，画个侧脸，没人会把另一半脸也掰过来画给你看。

毕加索显而易见是先锋，可是为什么他将塞尚敬为“现代主义之父”呢？塞尚的画初看上去是笨笨的，特别简单，翻来覆去画的都是圣维克多山、不高兴的太太、桌上的苹果……不像是经过精雕细琢，也显现不出灵气飞扬。

塞尚终其一生在思考解决一个问题。跟他时期差不多的印象派用自己的眼睛捕捉转瞬即逝的光线，打破了以前古典画派墨守的规矩，自由自在，塞尚却依然感到不满意，觉得印象派只有光线色彩，却没有了古典画里坚实的结构，太凌乱轻浮了，所以他一直琢磨怎样在印象派已经出现后，将画面的结构与秩序重新建立起来。

蔡昊对于烹饪的思考方式让我在瞬间理

解了塞尚。他说："好吃，不是煮出来的；好吃是组合出来的。"

怎么理解这句话呢？

组合，有可能是一顿饭的整体组合：喝什么酒，吃什么菜，浓淡搭配，进餐节奏，前后顺序……有时候，会不会点菜比菜做得好不好影响还大。"好酒好蔡"根本不让你有乱来的机会，他总是会给你把菜单写好。问清楚喝什么酒与食物禁忌，每张菜单按照前菜、头盘、主角、配角、主食、甜品、茶的次序来分配。主角与配角这个设置很妙，同一道菜，处在哪个地位，取决于其他的菜。

组合，也可能是一道菜的组合。我先生麻鹰爱吃德国猪手，而我就一般，嫌太硬实；炖煮猪手又容易腻。"好酒好蔡"的脆皮猪手，脆皮下面是软糯脂肪，骨头是酥的，入味极深，让几种质感巧妙结合在一起。很难处理吗？或许。但更难的是，要先想到将一只猪手分拆成几个不同部分来对待。在他眼里，猪手不是一个整体，而是皮、脂肪、肉、骨头的组合体。

古典画派令人叹为观止的技巧，把重点放在栩栩如生，很容易被摄影取代，这就好像一个厨师苦练刀工终于可以在冬瓜上雕出一座宫殿，事实上机器可以做得更精确，现在不是还有3D打印了么。刀工无疑是重要，但是下刀前想清楚为什么要这样切，对于这道菜的味道有什么好处，才是更重要的。

蔡昊说："任何料理都是从食材开始，对食材的认知是基础，而味道组合的审美决定菜品的高度。"

塞尚的画一眼看上去那么简单，不是很像白瓷盘子上的一只孤零零的猪手么？可是却那么耐看，因为他的画，有"一种物质质地的表现力"。他画的不是一个个苹果，而是苹果之间的关系；而他那不太耐烦也不甚高兴的太太，在他眼里成了圆柱体、球体、圆锥体的组合。他想让色彩与质感达到一个坚实的平衡。

曾风行一时的分子料理容易让人厌倦，其中一个原因我觉得是，他们着迷于质地的魔幻变化，却不大注重风味。这就像是印象派太过奔放散漫。

塞尚当年决心不再把任何传统的画法看成理所当然的画法，"从涂鸦开始，仿佛在他以前根本没有绘画这回事"。蔡昊更幸运，他本来就不是专业厨房出身，没有什么祖师爷的包袱，没有什么是理所应当必须遵循的规矩，可以用一种清新的、自我的眼光来审视和拆解厨房里的一切：“烹饪的核心不在于技巧，而是认知与审美。”

烹饪既然是艺术，那么好的厨师就是艺术家，“盘中之物是他个人精神世界的具象化呈现”。这本书写蔡昊，或者其他任何一个人物，就是因为我也相信，你喜欢吃什么，能看出你是一个什么样的人。

6 等待破茧

那次蔡老师答应说带我去苏格兰喝威士忌，第二年果然成行了。他不时会去苏格兰的各个酒厂巡看一番，这次是为蔡昊精选麦卡伦25年单桶装瓶。

作为中国唯一的威士忌独立装瓶品牌，蔡昊精选能够挑到很多珍贵的桶。麦卡伦这种顶级品牌，对于单桶的释出，有很多品牌声誉的考虑，况且他们自己都不够卖的，所以，能够推出优秀的麦卡伦单桶，基本上属于行业地位的象征。我们去苏格兰的时候，麦卡伦的新酒厂刚落成，木质屋顶如波浪一般，顺着山丘走势绵延起伏，崭新光洁、精致利落，不愧是酒圈奢侈品。酒厂的核心区域酒窖看守谨严，我们也是因为有熟人才进得去，还得先换乘酒厂的车子。

我问蔡老师，可是有的酒厂不是在酒窖里桶边试酒什么的吗？他说：“哈，那是做戏给你们看。”他总喜欢一语戳破浮光泡沫。到了Glen Moray酒厂也是这样，酒是好酒，过去两年，他选桶最多的就是这个酒厂，然而看到酒窖陈列带有实验性质的各种酒桶——马德拉酒桶、波尔多桶、勃艮第桶、朗姆桶、波特桶、苹果酒桶、苏格兰艾尔啤酒桶，甚至苏玳的滴金桶……我们兴致勃勃地凑过去一个个桶闻，他却不以为然，懒懒走开，又说：“人家做戏给你看而已。”

他特别喜欢Ben Nevis酒厂的气质，低调、厚重，“真是有腔调”。在酒窖里钻来钻去，难得见他这样雀跃。灰扑扑的酒桶分分钟藏着惊人佳酿。他一会儿指一个给我看，惊叹几句，敲一敲再补充：不过也不剩下多少了。是啊，都被天使喝光了。

他早已经从这里挖掘出了很多好桶。本尼维斯是蔡昊精选选桶第二多的酒厂，从1966年开始，一直到2008年，覆盖每一个重要时期。蔡昊精选花系列本尼维斯19年雪莉单桶还分别在2019年、2020年两度出现在著名威士忌作家吉姆·莫瑞（Jim Murray）的《威士忌圣经》中，被评价为“A Faultless Sherry Butt”[①]，也是这本书里唯一来自中国的独立装瓶威士忌品牌。

信任一个人或者品牌的品位，其实也选择了一种价值观、世界观，一种审美取向与人生格局。我去看了蔡昊精选在苏格兰的秘密基地——斯贝塞地区的保税仓。他花了近5年时间，收集了600多个来自不同产区、不同蒸馏厂、不同年份的威士忌单桶。有3个主要仓库，这里是其中之一，里面有近300个单桶，其中80%是雪莉桶。

找到有潜质的单桶后，还要有非一般的耐心，等待她们更加成熟，成为更好的自己，有朝一日张开翅膀，破茧而出——这个“有朝一日”，可能是五年后，可能不止。忽然觉得简直像养女儿一样。

蔡昊有三个女儿，二女儿以前在美国读艺术，充满活力的小麦肤色，暑假回来一尝开心果冰激凌，马上向老爸勾勾手指：配方拿来，我要去纽约开雪糕店。

小女儿好好两岁的时候，坐在小椅子

① 一个完美的雪莉桶。

上吃粉，一本正经地跟自己说：“先喝一口汤。”这句话太耳熟了！平常吃饭前，蔡昊也会跟大家说：“先喝一口汤。”所以前菜总是用espresso杯装一口暖胃汤；吃酸辣面，他也会说：“先喝一口汤。”我如果拍电影，肯定把这两个画面蒙太奇剪辑在一起。

大师姐

——江献珠的大徒弟

1 讲究人的讲究事

大师姐这个名字厉害。好几年前我在香港专售顶级食材食物的city'super就看到她的摊位，在最显眼的位置支起架子，大红底色描金草书“大师姐”三个字，好像武侠小说里的比武擂台。

刚认识大师姐的时候，电影院正上映《邪不压正》，姜文演的蓝先生，不显山不露水，第一次亮相，自己骑个自行车去买醋。人家说，欸，这某某名店不是在这头么，他说不，我要买那一间的。这个人说：嘿！至于么。他头也不回悠悠然骑走：我是为了这醋，才包的这顿饺子。真是个讲究人，看到这里我就想起大师姐来。

大师姐每年自己做马蹄糕，马蹄要一颗

颗选，要最新鲜、最大颗的；马蹄粉，“试出来是广州泮塘牌600克纸包装的质素最好，不过市面上多假冒，所以只能去湾仔鹅颈桥财合利杂货铺买，是正货”。超级市场也有卖同一牌子250克纸盒装，那些不行，其实是次一级货色。

蚝油，日本富士顶天Black Label的最好，特别鲜润，有的食材店也有卖富士牌，但并非顶天，味道就完全不同了。

她做萝卜糕，虾米也要一粒粒拣出来挑肠。我简直觉得难以想象，那么小，那么多，怎么挑得过来？身边的人都惊呼：哎呀，这不折腾人么。

她耸耸肩表示没办法。直到找到现在用的这种印尼小白虾。她拿出一小碟给我尝：“喏，虾身干净，不需要挑肠也能吃得安心；白，因为没有加色素；小是小一点，更好。”

大师姐是何许人？这样响当当的名头辈分，那就不得不提她的师承——她是江献珠的大徒弟。那江献珠又是谁？对于爱吃的人来说，这是个如雷贯耳的名字。有人称她为“舌尖上最后的贵族”，她去世的时候，香港食评人刘健威说这是“一个时代的终结”。

关于江献珠，你们了解多少，我不清楚，那就还是从头说起。

2 钟鸣鼎食之家

差不多可以追溯到一百年前，那时羊城有一位当之无愧的首席美食家江太史。太史第占据广州同德里四条街位，食风鼎盛，当时的风云人物无不以成为江太史的座上宾为荣。尽管每日请客，却甚少筵开百席，江太史的饭厅只摆一张八仙桌。但是菜式搭配割烹精细非常，以至于“只要江太史第有什么新菜式，尝过的都会辗转相告，甚或要酒家仿效烹制”。流传下来最为人熟知的，就是太史蛇羹。

从太史蛇羹，就知江家菜的讲究。“蛇汤与上汤要分别烹制。蛇汤加入远年陈皮及竹蔗同熬，汤渣尽弃不要，再调入以火腿、老鸡及精肉同制之顶汤做汤底，而上汤成色之高下，决定了蛇羹的品质。当然，刀工亦极为重要，鸡丝、吉品鲍丝、花胶丝、冬笋丝、冬菇丝及远年陈皮丝俱要切得均匀细致，再加上未经熬汤的水律蛇丝，全汇合在看似清淡而味极香浓的汤底内，加个薄荚便成。”

这还不算，太史家的蛇羹，里面放的柠檬叶是从自家花园柠檬树上摘下来的，选不老不嫩的，切得细若青丝，新鲜芳香的菊花瓣也是自家栽种的大白菊。所以为什么蛇羹一定是在那段时间才有得吃，别的不说，时节不对，菊花也没有啊。太史家就是这样一个钟鸣鼎食之家。

江献珠就是江太史的嫡亲孙女，她后半生醉心于钻研传统粤菜，成为美食大家。大师姐，是江献珠在香港收的第一位徒弟。这样说起来仿佛风起云涌、荡气回肠，大师姐自己描述起来这事儿，却有一番平实家常味。

3 拜师

大师姐，原名麦丽敏，香港第一代IT人。差不多四十年前，上班的时候有一天同事说起，业内知名的陈天机教授自美国IBM退休返港，在香港中文大学任教，他太太擅长烹饪，可以教大家做菜。于是她们五个女孩子就一道前往拜师学艺，每周上一次课。

这位陈教授的太太就是江献珠女士。

居然是在这种机缘下拜的师，是不是很神奇？当然咯，她当时并不知晓江老师有这样的家世背景，只是单纯为她的饮食造诣所折服。

第一次上课江献珠就教她们做蚝豉松。细细密密极磨人，光是食材便有十多款，看得人眼花缭乱，大师姐跟着切粒切了一整天，人完全是晕的。

大师姐本身也出生在一个讲究饮食的家庭，有烩不厌细的顺德马姐照料一日三餐。她记得妈妈每次外出饮茶吃饭，手袋里都会放一瓶酱油，因为吃不惯外面的。所以当她遇到江献珠，马上发现这个老师确实不得了。

江老师对她最大的影响是，不管食材贵重与否，一样珍视，精细烹调；而不是鲍参翅肚就视为上品，对待豆腐蔬菜就疏忽肆意。

江献珠回忆自己小时候吃的炒大豆芽菜松，“只取豆不用茎，豆不要斩得太碎，与几种菌粒同炒，下铺炸米粉，上洒脆榄仁，”每一口都有复杂的质感与味道，“一两匙羹，就可送完一碗饭。”

这样的菜式，所费无几，“但要做得好、做得对，便要花费心力”。

大师姐因袭了这种对食物的尊重，她其中一道拿手菜是生炒姜汁芥蓝。

边说边给我做。荷塘芥蓝只取菜中心约三寸。爆姜片，厨房里是一阵姜香；溅酒，又起一阵滋滋啦啦的烟雾扑鼻香。清甜、细嫩、镬气足、菜味浓。难吗？不难。可是外面并非间间餐馆端得出来这样一盘像样的炒芥蓝。难怪食家唯灵也说，他会以一道糖酒炒芥蓝来评判厨师是否地道。

当然，大师姐并非厨师，只是IT行业退休后，又重拾心头爱，专攻饮食。

4 最强食材手册

我看过大师姐的食谱。

有人说她的食谱像科学实验，详尽至极。原因很简单，她写食谱的出发点是为了让外籍家佣跟着照做。读者既非华人，当然要把前因后果都给她解释清楚；后面附上详尽的Excel表格，是食材购买资料。因为要做得好菜，先要买好食材。

这个本来是给家佣买菜用的表格（其实

祝中秋節人月團圓
大師姐

大师姐這个名字厉害。好幾年前我見到。在最显眼位置支起架子。大紅底色描金草書「大师姐」叁个字。好像武侠小說里的比武擂臺。

大部分时候是她先生“大师公”去照单子采购），她写得有多细致？单是买条靓咸鱼，她写道，可以在西营盘的元成行买，小字标注：主要是孟加拉国、越南进口的。“马友肉多骨少，三牙结实清香，白花鲈大条肥白，试过鳙白很好。”酱油她选了九种，顶级黑豆头抽壶底荫油去哪儿买，即择盆晒生抽又可以去哪儿买，焖猪肉的祥兴隆头抽也要去到油麻地一间粉面档……哪一家的腐乳好，哪一家的虾膏香，也都一一录入。总共四百多个食材条目，分类列好，整齐具体。

专栏作家、餐饮人叶一南看到她这个表格，叹为观止，央她拿出来发表，大师姐大方挥一挥手：拿去、拿去。于是就写了一本《香港最强食材》的册子，随叶一南的《要省，不如不吃》一同出版。

后来我有机会跟着她逛街市，她对每一摊每一档有什么都了如指掌：那间卖鸡蛋的，先前湖北蛋的蛋黄颜色较深，现在泰国蛋颜色浅了很多；这间的姜不行，这么大块头，做姜撞奶根本撞不出来的；辉记海鲜、镜记粉面厂，我们帮衬得都多；呐呐呐，那间水果店，她悄悄说，不要看他们是卖水果的，其实他们家最好的是皮蛋……

出版后反响很好，《要省，不如不吃》又出了第二部，这次大师姐写了半本，将她珍藏的糕点秘籍也拿出来，从选材买料的技巧与店铺地址，到每一个制作步骤，一应俱全。大约七八年前我在书展买了上下两册，获益良多，我写小说《南北杏|致命的吸引力》也受到书中配方影响（谁都不及她讲得清楚），而此刻就坐在大师姐的客厅吃她做的菜，想想也是觉得人生际遇奇妙。

5 连月饼也自己做

跟着书里方子做，是不是就能做出一样好吃的糕点呢?

叶一南亲自向她讨教动手做过，做一次就累坏了——说是走遍全香港买材料，又切又蒸，忙了好几天，搞得腰酸背痛。

因为大师姐的要求太细致磨人了。

做椰汁年糕，必定要新鲜椰汁，而且要用马来西亚Mawa椰汁，即西非及马来西亚的混合，室温下2小时内便需使用；如果用筷子搅糯米粉浆，一底糕起码要搅45分钟，还要慢慢搅，否则粉浆起泡就会破坏卖相；因为糯米粉黏性高，蒸的时间也更长，期间还要勤加水……

萝卜糕就更麻烦了。

大师姐不怕麻烦，每年都自己做过百底糕送给至亲好友。

她连月饼都自己动手做。十多年前女儿Jenny因为工作常常要飞德国，聚少离多，她想让女儿在中秋节时吃到自己亲手做的月饼。

这块月饼不简单，她提前一年就开始准备做饼皮的糖浆，砂糖要用粗细两种，加入新鲜柠檬片，慢火煮得“油润清晰”，再在罐子里放一年，才够通透清香。

到李熊记干货铺买全香港最贵的湘莲来熬莲蓉，再加入油分充足的顶级西山榄仁，烘出悠悠清香。

哎，市面上那么多月饼，何必自己做那么费力？可是市面上哪间店的月饼愿意用这么高成本的食材，肯花这么多心思呢？

还是自己做最合心意。她还特地找人刻了一个“姚”字月饼模，“姚”是夫姓。又要感叹，月饼而已，真的这么重要么？

是呵，月饼不重要，萝卜糕不重要，炒芥蓝也不重要，食材不重要，调味也不重要。反正加了味精，吃起来都鲜掉眉毛；一块死肉炸过之后蘸上浓酱，照样津津有味。莲子太贵，就混入大豆充数；花生油不便宜，就兑大量菜油……反正浑融整出来一块月饼，你送我我送你，谁也不吃。

榄仁是什么？很多年轻人根本不知道，更谈不上欣赏。

可是大师姐还是会记得小时候过年妈妈蒸糕忙得团团转，也记得自己出嫁后，每逢过年妈妈都会给她一盘萝卜糕带回夫家。妈妈总是会把萝卜糕装在蓝罐曲奇饼罐里。她一路走，一路望着饼罐，就像望着妈妈一样。

6 味觉的记忆

味觉的记忆有多顽强，谁也不知道。大师姐的老师江献珠家道中落后，从广州到香港到美国，再回香港，半生颠沛流离后慢慢重拾前半生的回忆，一个不谙厨事的大小姐一头钻入粤菜领域，居然一点一滴忆起孩童时的珍贵往事。

她记得祖父兰斋农场里种的荔枝树，在晨光熹微下摘下沾满露水的“糯米糍”，也记得荔枝树下长出的荔枝菌，最是鲜美。她记得最喜欢吃六婆煮的大豆芽菜猪红粥，也能记得祖父要吃特别软、裹得松松、摇起来有声的咸水粽。

昔日的钟鸣鼎食之家消散，味道却在她的舌尖传承了下来。

大师姐有次宴请老师，托关系找到了一间私人会所“居可”，江献珠一吃就发现，这里有江家菜的踪影。原来太史第最后一任大厨李才流落到香港后曾在此地任职，虽然当年的“孙小姐”与他再未谋面，却在菜肴中辨认出了他的痕迹。

江献珠与大师姐都很清楚，家的记忆与味蕾深深相连，所以她们费尽心力，也要把这些曾经存在过的味道保留下来，传承下去。

中秋节快要到来的时候，我坐在大师姐的客厅，吃着她家的月饼，清甜的白莲蓉中嵌着榄仁片，油润起沙的咸蛋黄包裹在这玉色琥珀之中，那真是吃月亮一样的美好。还有一款黄莲蓉馅，用的是猪油，更香。

我边吃边告诉她，其实我与她的连接始于好几年前——我在香港city’super帮衬过她的年糕。原本已经退休的大师姐，几年前被一群好友“逼”出来做了自己的品牌，他们说她反正每年都要做过百底糕点送给朋友，不如索性多做一点，好让有要求的食客，能够吃到好东西。

朋友们纷纷出谋划策，有的提供最正规的食品工厂，有的安排运输，叶一南还找来著名设计师又一山人设计包装。大家只有一个要求，大师姐亲自监工，那就有品质保证。

7 讲究是为了留下真正的好味道

规模化生产要做出跟家里一样的味道，可以想象不是易事。大师姐凭借自己多年在跨国集团的管理经验，亲自上阵挑战高难度。还是跟自家标准一样，不管哪间工厂生产，做月饼她只要李熊记的昂贵湘莲，依然要用顶级的西山榄仁。

成本高得吓人。工厂说，不放榄仁，成本马上减一半。

还是要放。没有商量余地。

标准化生产对于大师姐来讲倒是没难度，当年自己家里做萝卜糕，刨萝卜丝，为了大小厚薄一致，她在厨房的工作台上嵌了一把度尺。

是的，她做事就是这么精准。我亲眼看着她炒匀芥蓝加盖略焗的时候用了定时器——明明是做了几百次的菜，至于么？

她淡淡地说：“既然有这么简便的工具可用，为什么要凭感觉？”

严谨、规范、细致。性格如此。

这几年来，大师姐的产品线扩充，除了年节系列，还有面、酱、腌渍、曲奇等系列。每一样食物的标准都是：跟做给家人吃的一样。

我赞今年的月饼礼盒格外别致，大师姐骄傲地说，是她女儿Jenny设计的。

他们还给我看了个小视频，Jenny跟大师公都在工厂亲自参与包装，一个个月饼都要手工裹起，一个个盒子都要手工裁缝。当然，这太需要技巧了，他们只能帮忙做盖盖子之类的活计。

我笑说，多亏她当年将这些食物产品化，我才有机会吃到，才得以与她产生了连接。

人与人之间的交往，有时候很简单直接，以食物相连，嗅觉与味觉的记忆始终相生相随。我们似乎忘了中秋互赠月饼的初衷，如果大家都不爱吃，那为什么还要送呢？如叶一南所说：“一个城市，可以容许有粗制滥造的产品，亦应该有精巧的产品，否则没比较，年轻的一代，以为食物就是如此，不知道什么叫真正的好味道，是很可惜的事。”

是的，讲究，不是要炫耀，是为了留下真正的好味道。

伍先生

——大公馆里的烟火气

1 大公馆里的啫啫煲

我一直称呼他伍先生。

自己在脑海里勾勒出一种旧时气氛，比方说《罗曼蒂克消亡史》里的陆先生。另一方面，他又确实拥有一个大公馆，在滨江路上。只不过，并非谁的居所，而是我们平常都爱去的餐厅——惠食佳滨江大公馆。

滨江西路这一段我一向喜欢，江边宽阔的林荫道，人车疏朗，要么是三五个街坊散步遛狗行过，要么就是径直来吃饭的客人。大公馆门口闲散守着几个伙计指挥泊车，年纪稍微有点大了，淡淡的，懒懒的，手抄在宽大的中式白褂子里，自有一种派头。

这条路上的浓密大树越长越高，枝繁叶茂，已经挡住四楼窗口，二楼倒还刚好可以透过枝丫看到江水，我最爱订这个临江房间，有宽宽的阳台，琉璃蓝阑干，站在这里，看江面银光，流水车辆，等到夕阳照进来，金玉满堂。

关上门，大公馆留存的是一个时代片段——彼时，广州十三行是清末唯一的对外通商口岸，华洋交错，繁盛一时。昔日华贵旖旎的风范，在冷淡风格盛行的今日看来，实在是不合时宜的。

惠食佳最有名的是啫啫煲。第一次见面，我问伍先生关于“煲”的讲究，他立马让厨房把不同的煲拿出来，十来个排在桌子上，不同形状、不同材质对食材有什么影响，他一个个讲来，讲啊讲，后来干脆劝我去南越王墓看看。我瞠目结舌，差点忘了最初不过是要讲一道菜而已。

真的要讲起来的话，“煲”确实可以追溯到古老的南越国时期。据《广州市志》，“煲”来自黎语。一个汉字，既是菜式名、烹调技法，亦是烹饪器具、餐具、量词，简直可以就此出一道汉语试题：用这个煲来煲一煲煲仔饭，这里的“煲”有多少种词性，多少个意思？

煲是极日常的，广州人什么都煲，煲

水、煲饭、煲仔饭、煲粥、煲汤、煲药，到了冬天咕嘟咕嘟打煲，煲醋可以消毒，中秋煲蜡，新的音响耳机要煲机，音韵才足够醇厚，讲电话漫无边际絮絮不休，那是“煲电话粥”。煲呀，就该是个悠悠绵绵长长的慢活儿。唯独除了啫啫煲。

啫啫煲是一场疾风骤雨。什么漫长、熬煮统统抛诸脑后，“煲”字下面那团火噌的就烧上来。火是急火，厨师手脚也必须快，放油、下料、略炒、推平、盖盖儿、淋酒，滋啦一下烈火蹿上来，把整个煲都包围住，肆意迸发香气和强劲声响。滨江大公馆大厅正中央，半开放的圆弧形厨房，就看得到厨师现场做啫啫煲，简直跟舞台似的。

好了，盖上盖子，服务员原煲端走。一楼也罢，楼上的就得噔噔噔跑上去。火候得掐准，坐得近的，跟二楼、三楼、四楼的，熟度要做得不一样，这样上桌才刚刚好，不至于过熟。揭开盖，香气弥漫，烟雾缭绕，响声嘈杂，赶紧夹赶紧夹，转一圈回来口感就不一样了。

为什么要弄得这么紧张，因为生啫熟啫大不一样，别处也有啫啫煲，却多是把食物煮得半熟倒在热铁板，图个热闹。在惠食佳，食材扔进煲里时是生的，必须得猛火才能熟，可就得争分夺秒。招牌啫黄鳝，脆、爽、鲜、嫩、滑。不明白什么叫“镬气”，啫啫煲可以夸张地演绎给你看。

以前在美食杂志做选题，有次想出个好玩的，用两页杂志做大跨版，放一个煲仔饭的横切面，一层一层透视里头葱花、腊肠、颗粒分明的白米饭与薄薄饭焦。大家看到杂志都很好奇，问我们真的切了个煲仔饭吗。

怎么可能？食物都是后来填回去的，但瓦煲倒真是锯了好几个。惠食佳很配合，我这才知道他们的瓦煲是自己设计找厂家定制的，比一般瓦煲浅些，粗糙煲面不上釉彩，气流畅通，受热均匀，也更能承受猛火。即使如此，烧一次就会有细微裂痕，在铁箍加固下顶多还能再支撑一次，就得报废。粤语里，我们讲“掟煲”是分手，“箍煲”是拉拢复合。看着惠食佳的煲，不免心有戚戚——勉强箍煲其实亦不长久。

我问伍先生除了经典黄鳝，还有什么食材可以做啫啫煲，他说，没有什么不能啫的。雪花牛肉可以，牛舌当然可以，生肠、牛仔骨、乳鸽、鲍鱼仔、章鱼统统可以，鱼嘴也可以，要用不同的煲，蔬菜菌菇也可以。主食呢？啫米粉也有。

“那么，雪糕可以啫吗？”我们当时在吃姜撞奶雪糕，于是我信口开河。

“雪糕还不行，但是木瓜可以。”说罢，马上端来一锅。啫过的木瓜，极其甜蜜软熟。我突发奇想，挖一块，搁在冰凉雪糕上，哗，想不到，浓郁翻了个倍，尤其是煲底的焦烫果皮，与姜撞奶的风味，是绝配。于是就有了啫木瓜配姜撞奶雪糕这样一个甜品组合，你去惠食佳可能也吃得到。

伍先生说，惠食佳之所以有这么多不同的啫啫煲，并非他们创意无穷，而是食客想法多。刚开店那会儿就这样，食客不满足于啫啫鸡、啫黄鳝，就开始发问：可不可以啫这个，可不可以啫那个？

“什么都可以啫，愿意接受挑战。”他笑眯眯地说。

那是1992年，三十年前。在那之前，几乎没有人吃过真正的啫啫煲。

2 龙津路上的大排档

伍先生讲起这段往事时，背靠在深棕色半旧宽厚皮沙发上。整个房间透出上世纪30

年代气质。他说，上海滩有两个人爱收藏这些老东西，一个是张信哲，一个是他。沙发旁的小台灯有个圆鼓鼓的绿玻璃底座，铜柱子支棱起米黄色细纹半旧灯罩，正好挡住他的脸。他在抽雪茄，缓缓吐出白色烟圈。

烟雾渐渐散开，一点一点显现出晨曦里码头的轮廓，天快要亮了。那时候他还不到二十岁，还没有人叫他伍先生，只知道他叫伍超亮。每天早上五点起来，五点四十五分就要赶到大沙头，洲头咀六点半船，这个时候一程接一程客人多。他开一辆三轮摩托车——也就是广东人俗称的“三脚鸡”，花4800元买的——穿行在广州的大街小巷，客人要去哪儿，讲好价，就载他过去，等于是那个时代的出租车。这可是个好差事，身边的同学朋友工资大多不超过100元一个月，他一天就能挣150块钱，运气好，勤快点，有时还能挣到400块。八十年代的广州处在改革开放前沿，遍地都是机会。

长时间开车的人爱抽烟提神，伍超亮从来不抽，就好一口——吃东西。在大沙头混到九点半左右，同行的“砂煲兄弟”就从四面八方开车过去，聚拢在大三元饮早茶。早茶后各做各的生意，一点来钟大新路再聚，找间大排档吃午饭。每天差不多都是这样，他在大街小巷穿巡，心里渐渐有了一张广州餐馆地图。每个城市都有不少这样懂行的司机，吃归吃，没有几个自己跑去开餐厅。

他去学厨是另外的机缘。那时候他有个美国亲戚在洛杉矶开餐馆，准备退休了，几个女儿都不肯接手，于是跟伍超亮说，不如你学厨吧，我把餐馆交给你。他就兴冲冲地学厨去了。学了一年，申请各种证照，1988年底兴冲冲递表格申请出国，要去洛杉矶接手餐馆了。然而时机不赶巧，这个摩拳擦掌的新任厨师最终还是留在了广州。

后来的事似乎是顺理成章的了。但我注意到这段故事其实有几个分岔口，说不定就会岔到别的道路上去。

比方说，要是申请出国的时机早一点的话，惠食佳可能就诞生在洛杉矶了？伍先生笑笑说，有可能的啊。那么，如果当年他继续开车，那世界上岂不是少了一个好餐厅，多了一个的士司机？他摇头说："那一定不会，我一定会转行。每天做重复的事情，我会很痛苦。"事实上他的"三脚鸡"生涯也只维持了四年，他的司机伙伴大多留在了那个行业，随着行业规范化归属于某个出租车公司。他存了点钱就转行在西湖路做服装生意，批发牛仔裤、弹力裤，到上海、大连、哈尔滨去卖。谁能想到八十年代吃香的开车技能很快就变得毫不稀奇。他其实也没想到，只不过注意力总是会被新鲜事物吸引，总是想做些新的事情。他笑道："或许因为我是射手座。"

既然学了厨，下一步就是做厨师了。开惠食佳之前，他还跟人家一起开过餐厅，负责厨房。哪知做旺场子以后，大股东便将整间店买下来，让他拿钱走人。

我忍不住说，这欺人太甚了吧。"不，不，"伍先生马上说，"不是他的话，我也没机会尝试开餐厅，有人出钱让我试一次，我还是很感激他。"

餐厅名字叫什么？"好像是江南河鲜食街，还是河南海鲜食街？"他想了想，记不清了。那间餐厅早已关张。

但他终于开了自己的店，在龙津路上。他以前开车时兜来兜去，就留意过，西关人气最旺。这间店小小的，58平方米，有十多个餐位，名字响亮易记，惠食佳。十来个员工，排早晚班，从午饭做到夜宵。吃夜宵的人特别多，古惑仔、做小生意的，半夜两三

广州人什么都煲。煲水。煲饭。煲仔饭。煲粥。煲汤。煲药。到了冬天咕啫咕啫打煲。煲醋可以消毒。中秋煲蜡。新的音响耳机要煲机。音韵才足够醇厚。讲电话漫无边际絮絮不休。那是煲「电话粥」。煲呀。就该是个悠悠绵绵长长的慢活儿。唯独除了啫啫煲。

我一直称呼他任先生。自己在脑海里勾勒出一种旧时气氛。他也确实拥有一个大公馆。

点钟还要等位，忙不过来他也站在后厨热火朝天地炒菜，直到快天亮才收档，收拾完就五点了，他总是要到早上九点才能入睡，跟大伙儿一起住在龙津路附近的员工宿舍。

忙归忙，他心里的念头没停转过，他一直在琢磨：怎样的东西最适合惠食佳，能够担当起招牌菜的重任呢？

他开始钻研啫啫鸡，“一个传说中的菜”，没有任何教科书写到过做法。然而做饮食的人都知道“啫啫”这个概念，八十年代也有不少酒楼在做，都是把菜做熟了倒进去，铁板熟啫大肠，香港传过来的新派粤菜。可他总觉得哪里不对劲，“啫啫”不该是这个意思，明明市面上没有一个啫啫鸡做出来是有响声的，那为什么叫这个名字呢？

那如果不是做熟了才倒进去，而是直接把生的食材啫熟呢？试试看。试来试去，他发现，“啫啫”原来并不简单，居然可以将煎、焗、炒的工艺结合在一起。他终于领悟了“啫”的精髓。1992年的啫啫鸡，是惠食佳真正意义上的第一个啫啫煲。

做了啫啫煲以后，生意更好了。到夜里，桌椅可以摆到街上来，满满当当，甚至摆到了马路对面。啫啫煲做好第一时间要上桌，传菜伙计抄起就走，煲仔滋啦滋啦作响，三两步狂奔横穿马路，闪避车流，多是单车摩托车，所以他们都是扭着腰闪过去的。有时候油漏出来，风一撞会起火，简直就是捧着一团火在跑。

为了满足食客的奇思妙想，他们几乎尝试遍了将各种食材做成啫啫煲。没错，什么都可以啫，但事实上，有些菜确实没那么适合，比如鹅肠水太多，炒大肠也比啫大肠更好吃，因为啫的话，火候很难控制，往往会焗得有一点渣，而且铁镬的镬气也更好，但有的食客就是非要吃啫大肠，也没办法。他有点无奈。

椒盐富贵虾也是同样来自九二年龙津路时期的招牌菜，现在几乎每桌必点，半截手臂那么长的巨大濑尿虾，一分为三段，剥开炸得金黄香脆的外壳，跃出来一截粉紫色细嫩的肉，是鲜甜的。有虾膏的比没虾膏的每只贵一百块钱，虾膏特别鲜，可是没虾膏的肉却更甜，每次我都纠结不知选哪个好。羊腩煲也是九二年就在菜单上了，我最近去吃，发现现在用的是来自崇明岛的白山羊，上桌前还咕嘟咕嘟在收汁，烟雾袅绕中夹起一块，皮格外厚，一层皮一层脂一层肉，肥美、细腻、柔软、浓郁，像是寒冬清晨里的暖被窝，让人恋恋不已。

金红脆皮的红烧乳鸽，用手拈着撕咬，细皮嫩肉还有汁水，把每一根细伶伶的骨头都吮干净，吃完舔手指。豉汁白鳝，肥厚爽弹，一口一口香极了的满足感。葱油捞隔夜鸡、豆豉辣椒炒蓝龙虾、各种原盅炖汤、下酒前菜，在惠食佳，熟客大多不必看菜单，心里有数。

三十年过去了，惠食佳已经三迁，从龙津路到五月花店，再到东风路店，再添了一家滨江大公馆。每天晚上迎门大厅几排椅子排长队等位，年夜饭要安排三四轮才吃得过来，是本地人最爱的粤菜馆子之一。

3 老同学与老字号

惠食佳的名声一向靠口耳相传。差不多十年前，我在美食杂志想做采访，到处打听，居然没有一个同行跟他们打过交道，简直不可思议。还好无意中得知闺蜜的舅舅，恰好是伍先生的发小，他义不容辞给我搭了线。

他们是幼儿园同学，这些年来常常一起踢球，闺蜜舅舅说，惠食佳刚开业那会儿，他还每天到时到店就坐在那儿捧热场子。现在他俩见面还是直呼绰号，或是像小学生那样连名带姓地喊对方。

“伍超亮！”

“肥佬铭！”

我纳闷为什么是“肥佬铭”，闺蜜舅舅叫作陈慧铭，可是一点也不胖。“他读幼儿园的时候很肥。”伍先生说。记忆永远停在某个年代。

惠食佳几个初始股东都是旧相识，船厂子弟，打小就住在同一栋楼。他们还有一队球友，从小学一年级一起踢球直到现在。创业早期特别忙，伍超亮每周只在周六给自己放半天假，回船厂踢球。伍太太是他在那间不知是“江南河鲜食街”还是“河南海鲜食街”工作时的同事，那时他掌管厨房，她负责楼面，配合得不错，于是惠食佳开业后，他就把这个老同事请了过来，继续共事，直到十年后成婚。拍档是街坊，玩伴是发小，连妻子也是老同事。伍先生的圈子仿佛始终自成一格。

伍先生有时会约上“肥佬铭”一同去苏州、下扬州，我也跟着去过几趟。回想起来，去的仿佛并不是某一个地方，而是某个时代。有几处地方是必到的：面馆、茶馆、老字号与博物馆。我们特意转去昆山吃奥灶面，绕点远路到常熟虞山吃蕈油面，更不消说那些苏式面馆。下午通常是找个地方喝茶，园林里，庭院间，瘦西湖边，或是人家的画室。

去到一个新的地方，老字号是一定要吃的。我原本对老字号有种逆反心理：吃的不就是个情怀么。厨子早不是那个厨子，菜也不是那个味道了呀。伍先生却总要把老字号搜出来尝一尝。苏州的松鹤楼、得月楼、老正兴，扬州的西苑宾馆、迎宾馆，镇江的宴春酒楼……点的也必然是经典菜。让他喟叹、惋惜的情形其实居多，有时候一桌子菜他都不愿动筷子；扬州觉得只有西苑宾馆还靠谱，连吃了两天。但他还是不信邪，依然如故，到一个新的城市就兴冲冲地往老字号赶。

后来我明白了，这叫拜山门。想知道此地饮食江湖曾有过怎样的风云际会，有过怎样的菜式，用过什么调料，出过什么样的人物，最直截了当就是去拜会当地老字号。或许依然鼎盛，或许早已折损，但那是一段历史的缩影。

我写饮食不拘于菜式做法，实在不擅

长，唯有另辟蹊径。伍先生苦口婆心地劝我，不妨将菜式做法问得细致些，记录下来。我不忿，辩称：我又不是要写菜谱，而且谁要看这个？他说，将来这些菜都没人会做了，看你的书，会知道，原来还有这样的菜存在过。

他念念不忘老旧菜谱，做了一个“古董菜”系列：古法羊头蹄羹、西湖牛肉羹、金钱蟹盒、鲜果皮花雕煀乳鸽、梅子淮山炒桂鱼片、八珍煎面。

猪油银鳊，是把一尾没有泥味的白海鳊鱼，放进猪膘头熬出的猪油里，关火低温浸熟。最后将一勺老鸡猪腱子肉炖的热汤汁，淋在铺满白鲫鱼籽和果皮碎的鳊鱼上。这肥美的鳊鱼，刚刚熟，最鲜，最嫩。西方传统有油封，新派有慢煮，其实做菜技巧一通百通，我们的祖宗也做过了。

有人问他是向哪位师傅学的，他说：三人行必有我师，这些旧菜，是我自己看书学的。我去过他的书房，一壁书墙，有厚重的*Modern Cuisine*，也有纸页发黄几近灰碎的粤菜老谱。跟他讨论问题，他最爱说的就是：依据是什么？出处是什么？我们在马可·波罗纪念馆，他发现背景画的年代有问题，苦苦追问工作人员，问得人家哑口无言。我问他干吗，他一脸天真：我不懂，就问嘛。每到一个地方，如果没有当地朋友接应，伍先生总会请个导游讲解典故，他说：你以后要写书的，不搞清楚这些，想当然，那是不行的。

4 未来餐饮是切片的

我一度认为惠食佳是传统、怀旧、不合时宜的，后来才知道未免还是把伍先生看得单薄了。

在餐厅连Wi-Fi，发现惠食佳英文名是Wisca，啊哈，翻译得真不错，同样清脆上口。我把这当作趣事跟伍先生讲，说没想到惠食佳还有英文名啊。他认真地说，当然有英文名啊，1996年就取好了。当时他们请人做了整套视觉系统设计，定好各种标准规范。呀，原来这么早就有这样超前的意识。他说那时打算将惠食佳做成一个连锁品牌。

这些年却越来越意识到，餐饮做连锁格外难，因为饮食是一门艺术。中餐，尤其粤菜，绝对是手工菜，根本无法完全控制。惠食佳开分店的脚步一直很慢，到现在也只有广州两间，上海一间。但是伍先生认为，未来的餐饮发展趋势是“切片”的，将某一种烹饪手法或特色食材抽取出来，做深做透做精做彻底，每间餐厅只做自己擅长、专业的，包罗万有的“大杂烩”吃力不讨好。

惠食佳不能大量复制，但是啫啫煲可以独立出来，于是便有了首创啫啫煲专门店啫八，啫啫煲在眼前火焰升腾最有气氛，干脆设一圈料理台，围炉而坐。从外间张看，茅屋竹林，行人以为是日式，其实是宋朝时期食肆样式，他指着《清明上河图》以此为证。

高级餐饮系列有名豪，2001年到上海开名豪，他们去巴黎学习菜品呈现方式、器皿搭配、情景配置。虹梅路名豪，墙面是鲜嫩的淡粉色，琳琳琅琅金色水晶吊灯，玻璃窗边站着金色梅花鹿，是洛可可时期的巴黎。

再将惠食佳在大排档年代就有的一道市井小食猪肠粉单独抽出来，首创猪肠粉专门店羊城佳记。猪肠粉本是西关小吃，米浆蒸成薄粉皮，卷被子一样卷长条，切段，看上去像猪肠。雪白老实的米制品，从没登过大雅之堂，这次却成为主角。我最喜欢姜酒厚切猪膶（猪肝），一点点清辣，衬托出猪肠粉的米香；去壳龙虾猪肠粉，鲜浓的虾汤浸润了厚切的猪肠粉；鲍汁凤爪猪肠粉，铁板煎得猪肠粉又香又“烟韧”（粤语，形容一种柔韧的状态）；还有麻辣牛蛙猪肠粉、姜葱豉油河虾猪肠粉、三酱猪肠粉、三虾猪肠粉……

走在前锋的是朱雀茶室，在上海遍地开花。螺钿漆器、珠片镶嵌、铜镶水晶灯，富丽华美的老式情调，太有风格，明星与时装杂志也会跑来租借场地拍摄。朱雀茶室供应星期美点，民国时期广州盛行而今早已失落的点心文化，鸭脚扎、棉花鸡、酿猪膶烧卖等等轮番转。点心以外，每间厨房又另有不同的探索使命：新派粤菜、广府粤菜、旧上海菜，让粤菜与川菜、法餐、日料乃至东南亚菜结合。他说："我希望每间厨房去探索一样不可能的东西。"

明知不可能而偏要为之。唯独在北京那次，铩羽而返。那年他在北京王府半岛酒店旁边开名豪酒窖，做餐酒搭配，全套银器，在水晶灯下闪闪发光。全场尽是白色，极白。因为他将设计主题定为极光。怎样才能欣赏极光？背景显然必须极黑或极白，"北极那边全是雪嘛，所以我们全场白色"。他说来理所当然，但那是十多年前啊。走在前面，理解的人就少。

从来没有人教过他，设计理念、管理模

式，都是自己看书学的。1986年去大连卖衣服，他总是住在新华书店上面的招待所，因为下楼就可以看书。钻研优秀企业的管理方法，怎样建立一个系统，系统怎样支撑发展。

伍先生认为，最好的管理就是不要管理，让他们自己管理自己，看到前景、前途、收益，有机会进步，获得更高职位，就会有动力。比方说，有的年轻人一开始来做的是电工，勤力靠谱的话，就会让他转做采购。他还记得，主厨张永发是第一个入职时有书面记录的员工（以前都是口头上的），那是1992年，250元工资，做水台。现在厨房都是由发哥掌管，米其林指南颁奖典礼也是发哥站上台领奖。员工随餐厅一起成长。

当年十来人的小店，现在已经有1000多个员工。惠食佳从来没有店长，而是一种管理小组模式。有问题了，有关联的部门就组织在一起成为一个小组，解决问题；问题解决了，这个小组就自动解散。他称之为“问题小组”。

十多年前，惠食佳就在奢侈品杂志上投放广告。全黑底，只有中间小小一块图案，是用筷子夹起的蛇段，下期就换一道食物，反正都是这样高冷先锋。从来没见过这样的餐厅广告。他说，珠宝的广告就是这样啊，为什么餐厅不可以？

至于设计，他从电影里学。我们去他熟悉的居酒屋吃饭，一进门他就说，啊呀可惜，怎么改了，以前灯光更暗些，像小津安二郎的电影，有点《秋刀鱼之味》的意思。往常他总是自己来，夜里十二点多收工以后，一个人过来这里喝两杯，吃几道简单的食物，炒苦瓜什么的。店里的人都认得他了，彬彬有礼的西装男子，笑眯眯，不大说话。

5 “我要的是未知的”

伍先生有次问我，在我的想象里，啫啫煲可以做到怎样的程度。

我回答不出，将这个问题反问他。

他沉吟半晌说，现在的中餐已经发展得相当细腻复杂，其实西方厨师是比较难理解的，啫啫煲看上去很简单，却有历史根基，不仅可以从中国的烹饪史去追溯，也是全球人类最原始的煮食方法：以火为媒。说不定以后在东西方文化交流中，啫啫煲可以起到一个沟通的作用，让大家换个角度重新思考

“烹”的本质。

伍先生说他最崇拜的人是亚历山大大帝，每次打下了一块地盘，就留下给同伴瓜分，而他自己继续上路探索世界，挥挥手，“你们要这些吧，我要的是未知的”。他嘴角带笑。

那未知的未来会怎么样呢？我忍不住跟他探讨起惠食佳传承的问题。我想起当年伍先生那个在洛杉矶开餐厅的亲戚，还有镛记、福临门等名店从风光转为没落的故事。

没想到他说：“做饮食的走下去，永远都是失败的。”

我吓了一跳，不知该如何接话。

他坦然说道，做饮食的人，做的是一个理想，一个作品。当主理人不在了，这个东西一定没办法坚持；即使后人继续做，其实还是不一样的。

想想也是，就像画家，即使后人也成为画家，肯定是另一个画家，有不同的想法与风格，不可能再画同一幅画。既然我们承认饮食是一门艺术，那为什么要执着于后世将一间餐厅原原本本承袭下来呢？

6 菜单、酒单、歌单

伍先生的女儿很有主见，不理会疫情影响，按照原定计划去了英国伦敦读书。看照片有一点窦靖童的俏皮感觉。巧的是，她也玩音乐。

“她爱吹长号，”伍先生难得露出自豪的神情，“对了，前一年她还给我们一年一度的惠食佳聚会做了配乐”。

啊哈，原来如此，解开了我的一个疑惑。

这几年来惠食佳每年都会做一次欢聚宴席，那天我入席时匆匆瞄一眼菜单，居然有一行写着“伯爵茶张学友”，心想这道菜倒是新潮。再仔细看，原来菜单、酒单以外，居然还有一张歌单，张学友的《伯爵茶》其实是吃甜品时的配乐，那么吃旧式广州佛跳墙的时候听许冠杰的《佛跳墙》，显然顺理成章了。其他配乐从尺八演奏《风之谷》到Ella Fitzgerald的爵士，范围颇宽广。原来这张歌单就是伍先生的女儿打造的。

奇妙的是吃到瓦罉焦葱焗蛇碌，居然配了首印度歌曲，简直惟妙惟肖，吃着吃着就想随音乐扭动起来。配酒是一杯用姜葱金酒、菊花、桂花糯米酒、柠檬酸调出来的“蛇”，放在华丽盖碗里，撒上桂花碎。

惠食佳这宴席酒单年年不同，葡萄酒、花雕、日本威士忌、米酒、雅文邑，试了个遍，这一年找来城中最热门酒吧庙前冰室团队做特调中式鸡尾酒，除了“蛇”，还有猪脚姜、饭Highball、广州Gimlet……

广州现在极少有这样花心思的中餐宴席。粤菜从前没有像样的前菜，一坐下就上鱼翅鲍鱼，据说是为了让大人物吃了好赶场子。伍先生却一直琢磨江南的凉菜头盘，惠食佳的前菜从简简单单的焗银杏、糟毛豆发展出一脉来，古法点心鸡什煮浮皮、鲍汁鸡脚、羊城鸭掌翼、笼仔鱼卜肚烧卖，还有海蜇皮、猪手仔、糖莲子、烧蹄筋、炒花甲、煎北菇、爆大肠、炸斑球、醉鸭肝、拼冻鹅肝、虾酱猪头肉、豉油皇鹅肠、芥辣鱿花、汤氽双肱等等。一点小菜，一口小酒。

年夜饭的菜，盛在广州织金彩瓷器皿里。广彩是十三行时期华洋交织的产物，墙内开花墙外香，远销国外，以前却没几个广州人真正用过。盛在广彩瓷盘里的菜，像一本本精致古旧的小人书，有历史、有民俗、有回忆、有故事。

吃得醉生梦死还是想要吃单尾[1]，有时候是猪油渣冬菇虾米炒粗面，那也是惠食佳在街头大排档时期就有的菜，香得不得了，最原始的满足感。

惠食佳一年一度的欢宴，在广州的话，往往设在滨江西路大公馆。将二楼几间包房打通，从最初的一桌到现在开满四桌。有的人其实早就不在这个行业了，但只要来过一次，还是照样请，因此人越来越多。好些熟人朋友平常工作交集不多，如今只会在这顿年饭上见到，敬酒碰杯，嘻嘻哈哈，好像同学聚会。

伍先生忽发奇想，下一年的聚会，不如到自己总去踢球的球场吧？在月光下的球场，吃惠食佳的菜。

---

① 单尾：指筵席菜单接近尾声的部分，一般由主食甜品组成。

容太

——我不是大哥

1 大哥餐厅

你认识大哥餐厅的容太吗？

来到本城进入我们这个圈子的人迟早会被问到这个问题。因为，我们这一群，写吃的、说吃的、拍吃的、做吃的、爱吃的人，大概没有不知道她的。不一定打过照面，但总归听说过。当然首先，提问的人默认你已经去过大哥餐厅了。还没去过？那得先去番禺的西丽路吃一顿。

名气这样大，但你去就会发现，大哥餐厅不过是间茶餐厅。马路边上，窄窄门面，橘色招牌，“大哥”两个字倒是蛮醒目的。进去是两层楼，圆桌，卡座，菜单正反面都被细细密密写满，西多士、菠萝油、三明治、奶茶、西洋菜蜜、冻柠茶、菠萝冰、红豆冰，应有尽有，眼花缭乱。

近来人人桌上都有一碟“漏奶华”，听名字让人想入非非，其实是粉扑扑阿华田盖满厚墩墩西多士，中间切开，热炼奶、浓黄油软软融融淌出来，卷起棕色粉末如熔岩滚滚倾泻，香滑甜腻汹涌到极致，是罪恶感带来的隐秘愉悦。

一系列饮品命名为“恐龙”，谐音“好浓”，五倍用量的阿华田粉、朱古力粉、好咕粉塞满玻璃杯，搅拌搅拌，总有一些融化不了，是贪心小孩的顽皮杰作。公主城堡，在方包上砌筑的城堡宠溺任性，堆上大团云朵似的丹迪当雪糕与奶油，就像梵高画法国南部阳光的时候，再多明媚的黄色也不满足，一层层颜料叠上去，在画布上凸起来，热烈漫出来。

茶餐厅原本是香港快节奏速食生活的一部分，我以前为杂志做茶餐厅及奶茶选题，采访请教香港友人，他们觉得奇怪：平常吃哪家茶餐厅？当然是离家离公司近的。哪里的奶茶好喝？无疑是每天上班路上买得到的那杯最好。但原来茶餐厅也能繁衍出这样不加节制的快乐。

不加节制？可是大哥茶餐厅规矩真多。

进店你就看见了，到处贴满显眼提示：“禁止吸烟”“不设少冰/走冰”……

其他都好理解，但为什么不能走冰？有一次我搅拌着冻奶茶的碎冰问。茶餐厅有一套江湖暗语，“飞”和“走”都是“不要”，“飞砂走奶”就是不要砂糖不要奶；“茶走”是不要砂糖，改放炼奶；“走冰”最简单，就是不要冰。

“好喝最大的秘诀就是，冻的要够冻，热的要够热。”老板娘容太说，一杯奶茶冰冻得足够冷，至少得一个晚上，然而过夜茶对人的身体不好；再说，为避免二次、三次污染，要有专门的冰柜来放这杯饮品，需要极度干净的操作空间，任何一间茶餐厅都不达标。碎冰能极速将饮品冷却，所以要用合乎酒店规格的制冰机来做碎冰。容太说，怕冻就不要学人饮冻饮啦。

慢慢你会发现，大哥特色就是，乍看天马行空，为所欲为，其实心思细腻到像是在餐巾纸上描花刺绣，别处随意处置的，这里都可能珍重以待。大哥的西多士，一分为九，精装迷你，现在其他茶餐厅（包括香港最厉害的连锁茶餐厅）也学了她的切法，只是为了好玩，未必知其所以然。容太说，外国人吃烘西多士是不会用刀叉来切的，香港人创造的裹蛋浆炸的西多士，需要用刀叉吃，然而刀叉会将多士的纤维压紧，所以就发明了一口多，一开九，一小格搁一方牛油，一口一个，刚刚好。

最早传出名声的是大哥特色干炒牛河，一上桌忍不住都好奇怎么那么黑，连菜单上都用红色字显眼标注：“好黑色！请勿随意落单！”为什么要这么黑，容太没有明说，或者说了我也忘了，但是且看这一条条均匀透亮的黑褐色，可以想象厨师得多费工夫，翻过来覆过去，炒多少遍才能将每一条粉都匀匀妥妥染上这一抹深浓。真正炒透了。吃起来有镬气而不会油汪汪的。

2 师奶还是少奶？

要是你去得多，大概会在大哥见到容太。你不会留意不到的，她造型总是夺目的，黑色或白色，鲜花盔甲剪裁，鞋子是古怪又强大的雕塑艺术品。头发剪得极短，脑后鬓角都推铲出青皮来，背后看是个小男孩，转过头来，剃得尖尖的眉尾与向上斜飞的眼影，凌厉，又娇媚。两片精雕细琢的薄嘴唇，笑起来一弯，像揿了电铃一样发出一串儿清亮响，向下紧紧一抿，谁站在面前也不敢做声。气势像极了她母亲。容太的母亲是粤剧名伶卢秋萍，年轻时是最俏的“红娘”与“刁蛮公主”，演喜儿演得好，两次受到周总理接见，这么多年过去了，美人的眼睛与嗓音没有老，一开口就还是在撒娇。

容太闺名吴卉棠。有一次她开玩笑说：“人家穿一身‘路易卉棠’，什么意思？你读读看就知道。”一句话，轻轻巧巧调戏了煞有介事的大名牌。卉棠是独生女，父母宠溺娇养，在澳大利亚皇家墨尔本理工大学读书的时候，每天穿山本耀司上学，着迷于马丁·斯科塞斯，吃遍澳大利亚的好餐厅，买杂志总是一式两本，一本读，一本藏，《号外》、《音乐殖民地》、《电影双周刊》、特别版*Vogue*，后来每期的*Monocle*，现在把这些珍藏放在大哥餐厅角落待有心人留意。容家从事的是光学镜片行业，在香港的公司极有品位引进眼镜品牌Lindberg，至于茶餐厅，原本只是容太口中“卖牛杂”的小生意。她笑嘻嘻说自己是什么也不懂的师奶，我看是如假包换少奶奶。

少奶奶开茶餐厅，却并不是玩票，这

茶餐厅居然处处以酒店标准要求自己，管理方法也是一套一套的：抽屉上清楚标记茶杯、碗、筷子、纸巾位置，店服样式、头发梳妆、围裙系法也分得细致；每张桌子要用残渣布、洗洁精布、消毒布、干布四块抹布分别抹过；每晚打烊，将桌子上的生抽、红醋、酱料小瓶整整齐齐排好、填满、擦净、密封，强迫症看了也舒心。容太说她恨不得让伙计用“5W法”（who、when、where、what、why）汇报工作。

去澳大利亚读书以前，她是娇娇女，连烧开水都不会，为了让父母放心，特意去白天鹅宾馆的后厨拜师学艺，学了三个月后，可以“三分钟把一只光鸡完整的骨肉分离，砍鸡趾甲只需要三两秒，一手拿着鸡脚上端，把四个脚趾压在板上摊平，手起刀落四下，可以轻轻松松发出有节奏的砧板乐谱声。自己可以独立上岗，水台，拌馅，案板，蒸笼，都可以上手，虾饺、烧卖、蛋挞、叉烧包、煎饺、拉肠全部可以按部就班一个人操作。”没想到多年以后进入了餐饮行业。

“有时候，我觉得做茶餐厅真的很像在拍纪录片，”她说，“眼看着蹒跚学步的小客人转眼之间已经考进大学带着女朋友来介绍给我认识，又见证学生妹穿着肥大丑陋的青蛙校服每天一群在店里叽叽喳喳，那么难看的校服，居然能够穿得漂亮……转瞬几年，结婚生子带娃，又一个循环。”

大哥餐厅不放味精、鸡粉，用有机蔬菜、维记鲜奶、脚踝细巧的走地鸡，米是五常稻花香，“有产地，有耕者出处，有一整年的录像记录监督整个绿色耕作流程”。容太说，这里的饭菜我们家小孩也要来吃的，你吃的跟我们家孩子吃的都一样——她再重申，“我只不过是个师奶”。

3 缠绵容月

人人都认识容太，因为她好客。那几年容府家宴特别多。容府的灯也特别亮，还在门外小道上，灯光、音乐、笑声就从爬满栏杆的枝枝蔓蔓里透出来。每次都有四五大桌好几十人，熟客、记者、作家、摄影师、医生、老师、牧师、歌手、餐厅老板、大厨、商人，认识的，不认识的，大家都坐一块儿。

长桌在容府草坪上错落排开，雪白桌布浮着淡银色的印花，搁上烛台、花朵跟葡萄酒。庭院里的池塘分割出两块小小“岛屿”，一个是天然舞台，乐队伴奏，唱着黄金年代的香港流行歌，几乎人人都能跟着哼几句掉进回忆里；另一处有白色欧式栏杆，架着烧烤炉，戴着白色高帽子的厨师在烟火腾腾中烤大虾、蛤蜊、鲜鲍。

有时请来名厨到会，做精致费手工的传统菜肴，漕虾是鲜剥的，盐焗鸡的盐是现炒过的，片儿面也是大厨亲手打的，芝麻汤丸还裹了网油。有一次是感恩节，分享两颗比拳头还大的意大利白松露。我们一人一盘松松软软炒滑蛋，容太给每个人的炒蛋上刨白松露，一大叠盖棉被似的，我低头闻，哇，那气味，忘不了。她一直刨，刨完了一整颗。

十一月份的容府最热闹，容生容太的生日都在附近。有一年干脆选择11月11日，派对主题：“一夫一妻，一生一世”。乐队唱《你是我的男人》。南方到了秋天还是郁郁葱葱，天长地久的浓绿。客厅沙发旁角桌上有一张合照，镶在银边相框里，小小的，人来人往都没看见。合照里的容生比现在胖，也没这么帅；如今的容生，偶尔出现在大哥餐厅，是会被熟客偷偷拍照发上网的。照片上的容太，气质完全两样，温婉甜美，小鸟依人；现在是气势慑人的老板娘，到哪儿都是焦点。

认识容太时我还是单身，她说，不着急，她二十八岁也还躲在父母家被窝里周日早上看卡通片，有本事有爱而且懂生活的女孩，为什么一定需要婚姻？单身的日子很快乐，不要错过。结婚以后再跟麻鹰一起来吃饭，她说，男人很好哄的，你哄他，他就会哄你啦。容太容生结婚十周年在白天鹅宾馆庆祝，容太笑吟吟推出蛋糕，蛋糕上写着“容生永远是对的”。

在场的男士都忍不住对她说：你赢了。

人人都说容太命好，她说：“人世间并没有童话，有的只是不可惊动的爱情，和无限投入的耐性。”

她的法宝是：“男人很混蛋，你打架打不赢他，道理讲不过他，连炒菜也输给他。但是，我可以气他，先用冷冽的眼神藐他（令他心寒），再用幽默的语言令他放松，最后用棺材钉钉式的结尾完成对话，保证令他神魂颠倒，如果气不死他，就嗲他嗲他嗲他嗲他。”

就是这样抵死缠绵，就像铲豆沙，柴火灶大铁锅，大火烧开转小火慢慢熬，煮好之

無容月
不中秋

后用人手将水分压出来，然后一层一层，翻来覆去，不厌其烦，才铲得细腻绵滑、清甜油润。

她后来做手工豆沙月饼。传统做法，减油减糖。这清甜是每逢中秋我最想念的味道之一。起初还用旧式油纸包裹，一筒四枚包好，放在绿色绣字筒形提袋里。赏味期只有七天，因为没有添加防腐剂，我有一次忘了放进冷冻层，拿出来时居然真的长毛发霉了，心痛不已。

容太的月饼，顺理成章就是“容月”，真是浑然天成的好名字。容月一晃就做了六年，因为太受欢迎，现在并非中秋也有售卖，当作日常零食来吃。

4 犀利路

容月第一年中秋上市，她因为过度劳累，患了突发性耳聋。我喝咖啡的时候跟她聊起过做餐饮的困难。我们那时坐在Grace Coffee Roaster（恩惠咖啡），她后来开的咖啡馆，还是这条街，拐个弯转进角落，在路的尽头，窄窄小小一间，落日中，像是童话里的小房子。店名强调烘焙，她也特意三次前往日本轻井泽深山拜师小野善造学习烘焙。

后来，我们在佬佬餐厅吃午饭的时候，她已经去过很多产区拜访心仪的酒庄，还获得了法国三个著名产区的骑士勋衔。她一边开酒一边说："闫涛总结得好，普通的叫吃喝，先吃后喝；讲究的是饮食，有饮才需要食。不爱喝葡萄酒的人，舌头还是'处女地'。"

佬佬餐厅就在大哥餐厅的对面马路，里面按照容太母亲五十年代所生活过的湾仔唐楼样式布置。将大哥餐厅的所有炒炉出品搬到这里，翻开餐单，咸鱼鸡粒炒饭、生炒牛肉饭，当然少不了特别标明好黑的特色干炒牛河。

不远处还有雅歌餐厅，这是容生容太梦想中的餐厅。吃东南亚菜与意大利菜，清水混凝土工业风，极大开放式厨房。开业的那天晚上，全场喝得微醺在宽绰空间里转圈圈跳舞。雅歌的门楣上写着：我从前风闻有你，现在亲眼看见你。

再后来是大辣餐厅，筹备一年多，直到大厨能够做出不放味精依然好吃地道的重庆菜。大哥、佬佬、雅歌、恩惠、大辣，都在番禺西丽路上，我们把这条路称为犀利路。

现在容太不只是大哥餐厅的容太，而且是犀利路的容太。

容太现在也不只做餐饮，还进入慢时尚行业，合作设计手工织造的服饰，自己穿上身，在犀利上笼罩一层柔软。她说其实自己一直都没有变，从柴火豆沙月饼到勃艮第美酒，再到手工捻线、缝纫、刺绣，植物染的布，她始终沉迷于手工之美。她说："赋予物质最高价值的，是人手。"她的服装品牌叫Alkie Collection，Alkie什么意思，容生的英文名咯，中文翻译过来是爱祈。

你认识大哥餐厅的容太吗？我第一次被问到这个问题，是十年前在一个闹哄哄的聚会上。那时候我刚入行没多久，谁都不认识。摇摇头，马上有热心人把我拉过去介绍——"容生、容太"。

"噢噢，你就是大哥吗？"我想当然地转头对着容生问道。

"他不是大哥，"他旁边的容太忍不住笑了，继续说，"大哥是……"她伸出手指，指了指天上。

蚝爷

——为蚝痴狂

1 蚝爷，你疯了吗?

如果时光有滋味，你现在咀嚼的无疑就是其中一种。那是乡野间烧东西特有的烟火气，混杂着大海的鲜味，不是清蓝碧绿的海，而是魔术时刻的一层层卷来的金色醇厚。你会回想起不知何年何月曾去过的海边小村落，傍晚升起炊烟的时候，老旧的木房子，潮湿，幽暗，腊肉滴油……我讲的是威士忌？不，这是一枚月饼。金蚝陈皮月。

不知不觉蚝爷做月饼有四个年头了。第一年得知他做金蚝月饼，我们除了惊讶恐怕多少带点看热闹的心情：蚝怎么能放进月饼呢？

在蚝爷身边做事的姑娘阿珍早已经习惯接受他各种奇奇怪怪的想法，但是那一天蚝爷哐当哐当跑下楼来，两眼发光，跟她说今年要做金蚝月饼的时候，阿珍还是深深地抽了一口气，憋不住说："蚝爷，你疯了吗？"

我们身边异想天开的创意很多，摄影师好友张张无忌说他想要研发一款濑尿虾月饼，因为实在爱吃濑尿虾。而蚝爷痴迷蚝，十多年来一直问蚝、识蚝、吃蚝、玩蚝、找蚝、看蚝、撬蚝、叹蚝、赏蚝、讲蚝。

寿司之神、煮饭仙人、料理仙姬，我在故事里听得多，第一次亲眼见到一个人这样一根筋地着迷于一种食材。蚝爷灰白头发，圆圆眼睛，兴高采烈起来手舞足蹈，简直是动画片《瑞克和莫蒂》里的疯狂天才科学家。他说自己有点半神经质，着了迷，做梦也在想着蚝。一个人为一样东西如痴如狂，那是什么都做得出来。他把生蚝搞出了数十上百种不同吃法。

2 生蚝的一百种吃法

认识他以前，我只知道生蚝多半是两种吃法，生吃那得是进口蚝，当场撬开盛在白瓷盘子上，挤两滴柠檬汁，柔柔软，冰冰凉，滑进去，像嘴里多了一个小舌头，清爽鲜甜。另一种就是烧烤，读书时候校门口最多，或者是夜市长街大排档，一扑扇，炭火气在夜空里翻滚，什么蚝不重要，蒜蓉少不了。蚝爷不做蒜蓉烤蚝，他说：“到处都有的东西，我做来干吗呢？”

那还能怎么吃啊？蚝爷狡黠地眨眨眼睛。坐定，等他上菜，他就像变戏法似的：秘浸金蚝皇、香煎蚝皇、冰镇生蚝、烟肉蒸金蚝、溏心金蚝、板煎金蚝、鲜腌生蚝、米皮炸蚝、芥末炒蚝、杯汁蚝饮、香脆蚝仔烙、咸菜猪手蚝、脆炸生蚝、姜葱焗蚝、油浸生蚝、石锅焗蚝、酥炸黄金蚝、金银蒜石钵蚝、冬阴功生蚝、水煮生蚝、猪肚珍珠蹄煲蚝、用多种瓜果发酵带来不同风味的酸辣汤蚝、薄烧年份金蚝、金蚝腊肠、金蚝盆菜……

蚝豉这种传统意头食物，在蚝爷手下变成了一层叠一层的魔术。一般人做蚝豉是将生蚝煮熟后晒干或烘干，蚝爷说不行，鲜味都给煮掉了，还有什么好吃的。蚝爷的干蚝，是用冬天清晨与傍晚的阳光来晒，最好就是南方的冬至前后，这会儿的太阳不热，不会把油分晒干，还有微微的北风。总之是“午不见阳光，晚不碰露水”，还要选好时机经常翻动——他说晒蚝的时候围着几个架子来来回回转，一天随随便便就能走上两万步。晒到十五天左右，就成了生晒金蚝。生晒出来的蚝干，颜色均匀，个头也比熟晒的大很多，最重要的是鲜味没有流失，且还有一股类似海米的发酵香气。

五年以上的生蚝万里挑一，天然生晒十余天，从乳白色渐变为赤金色、紫红色，终于铸成红木一样的紫金色，周身裹着一层薄薄油分，细密坚韧，甘香有弹性。蚝爷说这是“阳光赐予的金子”；放到禾秆里密封几个晚上，微微发酵，就是铂金蚝。

跟蚝爷喝酒，他拿出来一盘铂金蚝，用火枪一烧，表面起金黄的泡泡，浇一点老酒，一片一片吃，铂金蚝质地细密，很糯，甚至有点黏牙，越嚼越甘香，咸鲜浓郁，喝一口威士忌，浓郁的烟熏味就会被强烈激发出来。

或者用日本料理磨山葵的刨子把铂金蚝磨成细末，用白米捏成饭团蘸着吃，要么星星点点撒在面条上，撒在鲍汁扣花胶上，那个鲜啊。更意外的一次是在广州的跃现代粤菜料理，吃到最后上来一盘生菜，主厨Seven隆重地拿出了刨子，我以为他不能免俗要刨黑松露，没想到一片片刨下来的竟是蚝爷的铂金蚝，啊哈哈，真正有生蚝的蚝油生菜啊，第一次得见，广东人会心一笑。

同样也是在那样柔和的冬阳下生晒、风吹、阴干，不晒那么久，七个小时左右，就得到浓缩却仍饱满的半干蚝。我最爱吃半干蚝，既有生蚝的鲜甜丰润，又有干蚝的劲道甘香，用秘制酱汁浸入味，像聂鲁达的诗："一种慷慨、硕大的完整；一种爆裂、活生生的芬芳"。

十余年下来，蚝爷创下武功秘籍般的蚝门九式，从九道招牌菜到现在琳琅满目、招式过百，他还做了金蚝粽子、金蚝罐头、金蚝腊肠——金蚝加土猪肉，四肥六瘦的比例，一只只圆滚滚的小肉弹，咬下去甘香汁液喷涌而出。这些都是他的独门创想。所以，把金蚝放进月饼里，只是迟早的事。

3 金蚝月饼

可是金蚝跟月饼要怎样才能搭配起来呢？试来试去试了几十遍。每次出新产品都是这样，当年试蚝罐头的时候，长长的船木办公台被他从日本、美国与国内其他地方淘回来的一大堆蚝罐头淹没，同事一次试了十盒蚝罐头吃得想“杀人”。蚝爷并非一时兴起，这金蚝月饼他一年年做了下来，还不断琢磨变化，终于出了现在这个版本，一吃，哗，真的是难忘。

最早的金蚝月饼，揉拌进的馅料是五仁。五仁月饼大概吓退了一群人，我常常会想起《金锁记》的开头：“我们也许没赶上看见三十年前的月亮。年轻人想着三十年前的月亮该是铜钱大的一个红黄的湿晕……陈旧而迷糊。老年人回忆中的三十年前的月亮是欢愉的，比眼前的月亮大，圆，白……”他们口中的五仁月饼也是这样，反正年轻人是没赶上时候，只能吃得出“陈旧而迷糊”。蚝爷却说，五仁不易做得好吃怨不得人，谁叫瓜子硬、杏仁苦、松子放久了有油耗气。

所以他干脆去掉了这几样，只保留榄仁跟核桃仁。榄仁越来越矜贵，每回看到人家做拆鱼羹炒牛奶大手笔撒下，都要拍拍手赞叹，因其有种不可替代的香气。配角猪肉，除了剔透冰肉，还有丝丝缕缕瘦肉，最早是叉烧，换用火腿，现在是腊肉。当然少不了蚝爷引以为傲的金蚝，细细切丝，有嚼劲，轻微黏牙，越嚼越香。最新一版的金蚝月饼不仅于此，还有陈皮、老姜、禾秆草。唔？什么？

蚝爷眉飞色舞地说起2017年，有一天看中央二台节目《本草中国》说到“广东三宝”，很有启发，于是决定将这三宝作为家乡风味融进月饼里。这算什么理由？谁不知道“广东三宝”，可是蚝爷您怎么能随便看看电视就异想天开啊？他眨巴眨巴眼睛，好像不明白我在说什么，只是继续热情地拿来各种年份的陈皮来给我闻。

其实想想呀，他连金蚝都能放进月饼了，陈皮、老姜、禾秆草又有什么奇怪的？蚝爷的餐厅里早就有陈皮焖蚝这道菜，办公室外的陈列柜也是瓶瓶罐罐放满不同年份的陈皮。月饼里的陈皮十年左右，香气还未陈旧，前世柑香仍在，气质正好驯得住金蚝的澎湃。

禾秆草当然不是塞进月饼里，而是用来烟熏金蚝。嚼着这枚月饼，想起七年前在海陆丰蚝田旁的夜晚。

4 海风吹过海丰

那一年，蚝爷允诺带我们去他在红海湾的蚝场，熟人好友纷纷从上海、从深圳、从汕头、从广州，各路出发，来到汕尾集结。

我坐蚝爷的吉普车，驶在红树林湿地旁的小道上，路面不平整，一路蹭蹭腾腾，夜已暮，墨蓝的天，橘色云朵，田间烧稻草的烟雾舒卷，湿润野气和凉风飘进敞着的车窗。蚝爷换了一张唱片，听不懂的歌，又狠又温柔。

蚝爷很得意："这是我们海丰的，五条人。"

五条人，五条人，这名字这么熟悉，在记忆皱褶里翻寻，想起来了。很久以前，我在大学城看过五条人的演出，私底下也算是认识仁科，在一个卖打口碟的哥们儿家里，一群人懒懒散散摊在烟雾缭绕间，有人来，有人去，仁科挤在沙发上吹起了口风琴。蚝爷将车载音响音量旋大，他们用海丰话唱："车开到半路，天乌乌，天啊乌乌，天啊乌乌，到埔尾肚饿饿。"

天上雷公，地上海陆丰。海陆丰来的人，够勇够狠。五条人做音乐十几年，哪能想到后来那样莫名其妙出了名。他们在歌里唱彭啊湃，大地主家公子出身的彭湃带头闹革命，将自己家里田契，烧到无半个。

我们有天中午在海丰黄江边的西闸渔村吃腌虾血蚶杂鱼土鸡匙羹白菜，沿江边往里走就是鹿境乡。

过了鲘门镇，就到红海湾。红海湾顶部的长沙湾是规模化养殖的主要区域，两侧皆是鱼塭与蚝田。妇女们头戴斗笠坐在水边撬蚝壳，金色夕阳笼在她们手上，好像在凿金子似的。蚝肉取出来后就晒干做金蚝，整整齐齐码放在院子里，软软的斜阳洒在浅金色蚝身上，好像涂上一层蜜糖。

海边的小渔村，风都是咸香的。晚上我们在院子里做饭吃，升起大灶，我去偷偷张看咕嘟咕嘟熬煮的大锅，用禾秆草烧过的黑家猪，加自家咸菜熬煮，再放猪什与蚝王。禾秆草特有的气息飘在夜晚的院子里，一直弥漫到七年后的今天，像个侦探把时光串联起来。

5 生蚝名家

落日里的蚝田望去静如一片湖泊，水下

伸出来枝丫竹竿，第二天我们跳上动力竹筏出航巡蚝田。碧蓝的天，烈日耀眼，偶有白鹭飞过。此时潮水已退，露出滩涂，小跳鱼在其间活泼蹦跶，溅起泥水。这种小跳鱼很鲜的，煮得鱼脊裂开、肉烂骨断的，看上去不像个样子，可是那鲜味哟，骨头也酥脆。滩涂泥泞中密密麻麻立着粗黑小水泥柱，原来这就是生蚝的家。

生蚝“相黏为山，百十各自生”，依附在这水泥柱上；难以附着的小蚝群就用水泥固定在绳索上串联吊养，细竹竿在海面上搭成竹排，也以绳索或网兜养着蚝。潮汐有功，蚝苗如果总是暴露在水面上就不易生长；一直泡在水里，过度吸收藻类，营养过剩。潮起潮落，长得就更好了。

看蚝爷灵巧地跳上竹排，我想起了汪曾祺的《鸡鸭名家》。淡淡铅笔画一样的小说，讲了两个人，一个是余老五，一个是陆鸭。余老五最会炕小鸡，一年到头提着紫砂茶壶到处走动闲聊，只有在清明前后炕鸡子的时候不眠不休凝神聚气。他炕出来的小鸡显得特别大，跟别家摆在一起，人家一定买他的。因为只有他这么沉得住气，关键时刻拿捏得够狠够准，小鸡出炕的时候绒毛都长全了。陆鸭显然擅长侍弄鸭子。小说只细致写了他一件事，长工倪二赶鸭子外行，鸭子全部散落在白莲湖的芦苇丛里，人人干瞪眼没办法，唯有请出陆鸭来，一根篙子在水上扑打一气，嘴里啧啧啧咕咕咕不知道叫些什么，于是魔幻般地，鸭子就全都自己跑过来了。

蚝爷就是生蚝名家。全国养蚝卖蚝煮蚝的人那么多，真正弄出名堂、自成一派、名号响亮的还是要推蚝爷。关于生蚝有许多比喻，如深吻，如泪珠，我倒觉得它外壳坚硬，内在敏感柔软，就如一个封闭而深奥的小小孤岛。蚝爷说，这个养蚝的晨洲村原本也是个岛，围海造田终于海陆相连。五条人还在唱："隆啊隆，骑马去海丰，海丰人姓陈，骑马去巡田。"

蚝爷也姓陈。蚝爷这个称号太响亮，大家有时会忘了他本名是陈汉宗，只有在一个时刻，那就是去到他的餐厅，发现餐厅招牌除了"蚝门九式"，还有一个名头，并非"蚝爷"而是"举人爷"。咦？谁是举人爷？原来因为蚝爷的家乡出过一个举人，叫黄汉宗，于是开餐厅的时候就用了这个名头。而在开餐厅以前，蚝爷是粤海中心的总经理。

6 蚝门九式

蚝爷的餐厅在深圳。两家蚝门九式，一家在罗湖，一家在南山海上世界，恰好是这狭长城市的两端（注：最近新开了一家）。有一次晚上十点跑到罗湖店，谁知搞错地方，原来蚝爷在南山店等我们，只好打车穿过整座城市，大半夜，饿着肚子，简直是世界上最遥远的距离。蚝爷太热情好客，五个小时后的凌晨要赶飞机上武当山，还熬在那儿等我们过去吃夜宵。我说："蚝爷不如下次吧，你明天出门没精神。"他说："没事，明天我困了就睡，今晚我们先喝酒。"还有一次在酒店门口排队打车，刚坐上出租车，余光就瞄到有人在后面追着车子一边跑一边还在挥手，我一惊，以为深圳打车竞争这么激烈，突然接到蚝爷电话："刚刚在车子外面叫你没听见！晚上来吃饭！"

蚝爷就是这样不由分说地热情。除了蚝，当然还有别的菜。我最近爱吃的是猪手，寻常是用冰糖与生抽来煮，蚝爷加了粽子叶添香解腻，大火半小时，再慢炖两小时绵软入味，切成一块块放在盘子里，我们拈起来吃，好吃得忍不住舔手指，蚝爷夸不得，一夸就说那就再来一只。却没想到又上一盘，一人一整只猪手，我们大半夜抱着啃，居然也老老实实吃完了。

特别记得一道咸吊桶蒸肉饼，一端上桌就是浓烈霸气的咸腥鲜香，强攻得你受不了，硬着头皮夹一块，意想不到、无法形容地好吃，马上想来一大碗白米饭或煮得绵绵的白粥相伴。蚝爷的餐厅有各式各样的汕尾菜，清润鲜美的海螺三宝汤、瓢鸡鲜蚝松茸汤，夏天要吃大顶苦瓜煲土猪肉，清简调味的油盐水，焗金边塔沙或是大斗鲳，格外吃得出鱼的鲜美。

还有传统的海丰菜茶，是好意头的添丁茶，把菠菜、包菜、芹菜、蒜苗、荷兰豆、香菇切细丝放入碗里，再放海味如虾脯、鱿脯等，蚝爷的当然加了金蚝，然后倒入茶汤（菜茶使用的茶汤是把茶叶擂成糊状的），最后撒上炒米和花生。完全是一种古人喝茶的习俗。

五条人还在用海丰话唱："海风哦，啦啦啦，海风哦，啦啦啦啦，它吹到哪儿，哪儿就有人在唱歌，海风哦，海风哦，只要它在你的身边，去到哪里都不惊。"

有些慌張。
浮浮沉沉中咬住了
一顆牡蠣。

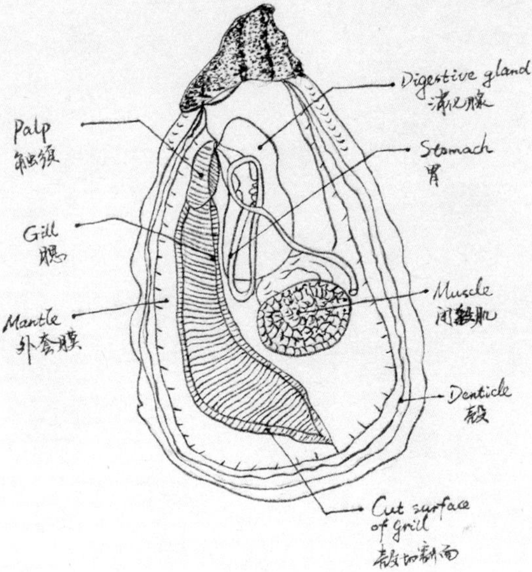
Digestive gland
消化腺
Stomach
胃
Palp
触须
Gill
腮
Muscle
闭殼肌
Mantle
外套膜
Denticle
殼
Cut surface of grill
殼切割面

Oyster

7 蚝味酒色

蚝爷刚迷上蚝的时候，在法国开车一路从诺曼底沿着西部海岸走，一个个生蚝产区吃过去，得出一个结论：蚝跟酒是分不开的。

于是拜香港“酒神”黄雅历为师学酒。黄雅历是老一辈的品酒行家，我刚进入美食杂志社时负责编辑专栏，他老人家的稿子全是手写用传真机发过来的，笔迹极难辨认，专业名词又多，我一边细读查证一边趁机学酒。那天在蚝爷的餐厅又见到了他，开席之前，他从蚝爷书架上抽了本书一个人坐在角落低头看。

旁边热闹极了，人人都在走来走去拍照敬酒，喝完了就去斟。一般餐厅不舍得，可是蚝爷为了让食客每次多尝几杯不一样的，特地买了葡萄酒分杯机。他站在旁边高兴地说：“快喝，喝完了我就换更好的酒。”

蚝爷早几年还开过一间蚝门酒色蚝吧，空运引入新鲜进口蚝，不同时节加起来共有四五十款，包括芬德克莱尔、贝隆、白珍珠、熊本等品种；配酒，香槟、葡萄酒、清酒、干邑，还有单一麦芽威士忌。七年前跟蔡昊一起去，老蔡说蚝爷胆识过人，很多人只会用香槟配生蚝，可是蚝爷有多种选择多种尝试，甚至敢用重口味的艾雷岛单麦，一顿饭吃下来，不同品种、不同做法的蚝都能配到不同的酒。

七年后，我吃着蚝爷的金蚝月饼，那是一种交融、复杂、经过沉淀的美感。之所以想起了威士忌，不仅仅是因为时光，而是因为自从迷上威士忌后发现，风格就是一切。没有别的月饼是这个味道。

我赞这金蚝陈皮月饼好吃，蚝爷得意地说："我首创的哦。"

我说："当然当然。除了你蚝爷，人家哪敢做什么金蚝月饼？"

我说："蚝爷，咱们来拍一张'一代宗师'感觉的照片吧。"蚝爷说："呀，这么文艺。"好不容易站好坐定，他忽然眨巴眨巴眼睛，咧嘴一笑，好像小孩打算来个恶作剧。我叹气道："哎，蚝爷，您都被称为'爷'了，就不能摆个样子出来吗？"

他不能。蚝爷是个梦想家。永远在发梦，永远天真，永远有新的想法，永远在实现它。

彪哥

——跃菜是粤菜吗？

1 喜客彪哥

我有一个特别想放进电影里的场景是这样的：夜深人静，空阔大厅，最后一桌客人也心满意足离开餐厅了，灯一盏一盏熄灭，只留下其中一张圆桌旁的落地灯，巨大灯罩里一团暖黄光芒，笼在桌面上像是剧场追光灯，独独照亮这一桌坐着的四个黑衣人。他们在这座城市准备入梦的时分，开始吃一席夜宴。

事实上，这是跃团队周而复始的日常，这四个穿黑色厨师服的，正是这间餐厅的四位合伙人。他们并非有什么不可告人的秘密习惯，纯粹因为试菜只能在餐厅打烊后进行，这时候厨房才能腾出空间来做菜单以外的东西。宽大的开放式厨房，灯火通明，里面满满一排白色厨师服的年轻厨师。四位合伙人中，我最早认识的那位是彪哥，现在他称呼自己为“跃厨彪哥”，我们刚认识那会儿，他的名字还是“喜客彪哥”。

喜客是一间以婚宴为主的传统粤菜餐厅。可能很多人都不知道，我结婚也是在这里摆酒。我跟麻鹰都怕麻烦，圈子里朋友又多，干脆就没通知大家，只是请家人跟几个特别亲的好友热热闹闹吃顿饭，看中喜客的小偏厅，刚好够摆五桌。

喜客，名字取得真巧，听上去就适合办婚宴。这家餐厅是彪哥从人家手上接过来的。他家里是做钢材生意的，江湖传闻，喜客原先的老板欠债还不上，将餐厅抵给了彪哥，彪哥突然接手，只好硬着头皮做起来，没想到越做越红火，终于成为广州餐饮圈一霸——因为一个偶然际遇，改变了人生走向。

后来向彪哥求证，他否认了其中一部分，他是主动开始做餐饮的。但因为这个故事实在太有戏剧性，我实在难以忘记，总觉得彪哥是半路杀进餐饮圈，却意外开创一片天地。

彪哥做餐饮一开始其实并不顺利，喜客几次处于倒闭边缘，其他合伙人意兴阑珊，打算撤退，他不肯放手，一次又一次注资进来。成功运转起来以后，还是继续让大家一起分红。

“那其他人岂不是很占便宜？”我听着觉得不对劲。

“没关系啦，有钱大家一起赚。”彪哥脸圆圆，肚子圆圆，笑起来简直如同一尊弥勒佛。

餐饮圈重名很多，南方这群人里就有四五个辉哥，至少两个彪哥。每次讲彪哥，都要问一句“哪个彪哥”，于是这一位，就被定为“喜客彪哥”。

第一次见到彪哥是在一个清水火锅小馆子，忘了是谁组的局，朋友带朋友，一个接一个，涌进来一大桌人，然后有人给我介绍彪哥，说这是什么什么餐厅的老板，我很激动，说可终于找着你了。

那一年我刚进杂志社工作，做美食选题，留意到本城几间餐厅，一间是神秘的私房菜寒舍，一间是骑楼老街里吊着水晶灯的火锅店喜宫。我那会儿谁都不认识，径直走到前台说我想采访，然后留下了联系方式。后来当然没有任何人联系过我。这两间餐厅的老板也是彪哥。

他笑呵呵递过名片来，我一看：魏旭翔。咦？明明没有“彪”字啊，却都叫他彪哥，大概是因为体型彪。

后来未来得及做采访，这两间餐厅就悄悄关张了。在这样的城市里，每个月都有新开的餐厅，每个月都有餐厅悄悄离场。有一次沿江路上有家餐厅新开，我们一群美食记者、编辑相约前往，有两个姑娘相对而坐，吃着吃着，其中一人忽然想起来：去年，也是这个地方，她俩也是这样对坐吃饭，但显而易见并非眼下这间餐厅。去年那间餐厅叫什么来着，却怎么也想不起来了。犹如梦境重现的既视感。餐饮业门槛易入，真实情形其实比一般人的想象来得要残酷。

再次见到彪哥，就是在喜客。不摆婚宴也可以把喜客当作家常馆子去吃，那时有几道我挺喜欢的菜，夏天就点一个小小的冬瓜盅。有天在吃饭，看到彪哥坐在旁边那桌跟几个我也认识的人叽里呱啦热烈讨论一个新项目。他们实在讲得太高兴，我不可避免听到几句，似乎在纠结一个问题：一间火锅店真的需要那么多小菜吗？

这间店后来开业了，就是禄鼎记。当时好像特别流行多位股东参与的餐饮项目，大多倒闭了，人多就免不了口杂手乱。没想到禄鼎记一开张就火爆，每天门口排长队，装酸菜鱼的瓷碗有脸盆大，青红椒白鱼肉，艳丽刺激。我爱吃红油猪脑，跟闺蜜去吃，路上就想好必须每人来一份，我们平常点菜总是说按人头算嘛，比方说人头米饭，结果坐下张口就来：人头猪脑……

禄鼎记有个响亮口号：“油，我们只用一次！”掌门人也只推出来一个：“禄叔”，也就是华明。同为创始人的彪哥，每次遇到人家夸赞禄鼎记，总是摆摆手说：“华明的功劳，华明的功劳。”

2 不用日常营业的研发厨房

彪哥着手忙别的去了。他做了一个联合餐饮界资源共享的平台——联合造食，声势浩大，占据南丰汇整整一层楼，办公室、会议室，还有极其宽绰的开放式厨房，配备斗志昂扬的研发团队。

一般餐厅都需要研发新菜，多是为了交功课，每个季度有业绩要求的；厨房团队应付营业已经十分疲累，谁会有心思搞试验？联合造食这个团队与众不同，不用每日营业待客，只管一心一意研发菜式，简直是一个后厨的乌托邦。连我都算得出来这是一笔不小的开销。彪哥你打算干什么？

主厨Seven很年轻，跟香港艺人陈晓东同名同姓。学过中餐，从业的底子却是西餐的。我们想，彪哥将他招揽过来，大概是要进军西餐了。新菜还没看到，只见他们跑到世界各地吃吃喝喝。大家忍不住在朋友圈起哄：这样的工作还请人吗？我可以来吗？

食研厨房的作品终于登场，以主题宴席的形式发布，彪哥把熟人都约了过来，我也吃过两次，一次的主题是“食在广州”，另一次是“食在潮汕”——嗯？这不是粤菜吗？没想到啊。菜端上桌，又是一惊，这是粤菜么？没想到啊。

盘子里整整齐齐三块白切鸡，写意的绿色酱汁，还有一小团绿色的，似乎是雪糕？我尝了尝，好亲切，原来是姜葱茸呀。我总想单独吃一碟姜葱（当然，空口吃是不可能的，除非拌饭），现在这个愿望实现了，姜葱茸雪糕将辛味减弱，柔和得多，也完全没有了油腻感。夹起白切鸡一蘸，鸡皮温度瞬间更低，正是最佳状态。

再来一道香芋扣肉蒸水蛋，端上来的是

连壳的蛋，放在黑色粗陶盘子上的鸟巢里，揭开蛋壳用勺子一挖，唔唔，确实是绵滑荡漾的蒸水蛋呢，再挖深一点，这是什么？藏在下面还有一层，柔密质地，特别熟悉的香味，可我一时间就是说不出来是什么。噢，菜单上就写了，如假包换，真的是香芋扣肉。然而不见香芋，亦不见扣肉，细细融融如同浓稠扎实的酱汁，再加上出现在这样一个意想不到的地方，我竟认不出它来了。

最好玩的是鱼饭。鱼饭是潮汕地区的寻常食物，渔民出海捕捞到大量的鱼，为方便保存，就用盐水简易加工成鱼饭，经常吃，等于是“以鱼当饭”。在这里，鱼饭加上鱼冻啫喱，居然装在猫罐头里，还扎着个很可爱的小布包袱。哈，也对，鱼饭可不就是猫粮吗……

吃完我兴冲冲地形容给朋友听，对方也兴冲冲地问：怎么订位啊？我就傻眼了。食研厨房一订位就得包场，二十人大长桌，谁没事邀这么多人吃饭呀。这毕竟不是一间正式的餐厅。

于是半年后，跃现代粤菜料理顺势而生。

3 跃是个性，粤是根基

跃，是那种会让我感叹“广州还有这样的餐厅”的地方。

放在其他城市，香港、上海、东京，都不出奇，偏偏是广州。坐电梯到南丰汇四楼，就在食研厨房旁边，灰石冷峻门脸，走进去灯色是暗的，几簇光聚在狭长“L”字形料理台上打出个神秘的舞台——哎呀，在广州连日本餐厅都是近几年大家才渐渐愿意坐到板前来。何况这里做的还是现代粤菜料理，那是什么？新派粤菜吗？我可以想象有的“老广”已经皱起了眉头。

在跃的料理台边坐下，开场往往是一罐鱼子酱。打开也还是鱼子酱。当然不是这么简单，现在食客都见多识广，可是你大概想不到贝母勺挖下去晶亮鱼子酱下面那层居然是做成鹅肝酱质地的卤水鹅肝。如果说有什么东西比法式鹅肝还要好吃，那就只能是潮汕卤水鹅肝。咸、鲜、香，浓烈至极。有人说太咸。潮汕人彪哥说：潮汕卤水一定要咸啊。

他们其实是把鱼子酱当作盐来用，将卤

水味道勾引出来，风味层次显然丰富多了。我自己觉得咸的程度完全可以接受，强烈，却不刺激，且还有混入的几滴意大利黑醋，轻轻爆破拉一拉平衡感。在鱼子酱的咸鲜引领下，那层卤水鹅肝更是显得馥郁缠绵。这道菜放在最前面，就是要在起始给你一记重拳，保证让人印象深刻，有个性比完美更好。

我特别爱吃他们的豉椒牛肉。粤菜的牛肉向来没什么吃头，用小苏打腌得一点脾气也没有，跃却是用牛肉味最丰足的牛排，低温慢烤，熟度控制得刚刚好，玫瑰色娇嫩，肉汁丰盈。吃下去依然是地地道道的豉椒牛肉味，亲切有如他乡遇故知。

豉椒味的奥秘裹在牛肉外的那层宝云酥里，这是法餐的常见做法，一般烤羊架裹的是香草与碎面包糠，焗得酥酥脆脆，Seven将之换成了剁碎爆香的墨黑豆豉与帕玛森芝士碎面包糠，吃下去豉香满口，可为什么要加帕玛森芝士呢？起初用盐调味他觉得“太硬”，试来试去总不理想；使用咸鲜的芝士来替代盐调味，更加柔和婉转。调味变化并非为了噱头，样样有根有据。

跃的菜，八分中，两分西。一席中段，

捧上虹吸壶，不是做咖啡，而是汤。老鸭汤与单丛直接碰撞太过孟浪，萃取过后，就有了更细密的结合。这一杯，温润之中又有清冽，是茶还是汤？想到阿城《威尼斯日记》闲散散说起我们很难想象古人煮茶要放姜葱，“那简直就是现在的汤，”他还想，“也许我们现在做汤也可以放一些茶来试试。”唔，确是不坏的提议，跃就这么做了。

阿城的文章好看就好看在看似无章法，实则打破拘束，旁逸斜出，“让万物解甲归田，一路有言笑”。同样的道理，跃餐厅团队这群年轻人，没有包袱，不拘一格，啥都敢试，“粤”是根基，“跃”是个性，跃来跃去，异想天开。

4 焯跃，潮跃，卓越，超越

跃成名以后，不少人来游说彪哥开分店，他都婉拒了。他知道，管理半径始终是有限的，辐射范围广了，就难以管控质量。El Bulli斗牛犬餐厅的模式给了他灵感，是不是可以就在同一个社区、同一个研发团队，用相通的理念、各异的表达，做出几间不一样的餐厅呢？

那天我们坐在联合造食的公共空间喝东西，彪哥说，你下次来，这里可能就不是这个样子了，我要改成另一间餐厅。什么餐厅？他说："我要做一间Omakase日料店。"

下次再来，我却完全没看到日料的踪影。没错，还是有吧台，也有一个厨师站在板前料理（甚至他用的还是一把日本的厨刀），也是Omakase的手法（厨师根据菜单与当日食材供应为你决定吃什么），也有目不暇接的顶级海鲜，但我确信，这不是日料。

这间餐厅叫作焯跃。"焯"字怎么读？我第一次去闹了个乌龙，上到南丰汇四楼，我说要去"超"跃，前台的姑娘一怔：是"卓"跃吗？回来查字典，"焯"是多音字，妙在，超越也好，卓越也好，意思都那么妥帖。有趣的是，用粤语读来，"焯跃"又正好是"雀跃"。彪哥却很坚持，说必须读"卓越"，也不解释为什么，直到一年后我才知道，他当时已经在构思另一间做现代潮菜的"潮跃"，那个才是真正的"超越"。

我那次是跟同月同日生的好朋友蓝小姐一同过生日，整顿饭我们完全顾不上聊天，始终处于震惊状态，惊艳、瞠目、结舌，直到饭局落幕，午夜时分离开，不由自主叹了口气，瞬间有种不可言说的空虚感袭来——大概因为一晚上太过亢奋。

这一顿饭我们吃到了象拔蚌厚切、大片响螺扒、花胶、东星斑、阿拉斯加帝王蟹、东海大黄鱼、卤水鹅肝、M9和牛、金枪鱼、软壳濑尿虾、燕窝……用蓝小姐的话讲，简直“丧心病狂”。彪哥说，平常吃饭人少的话，是不可能点这么多菜的，但是在焯跃，即使你是一个人来吃饭，一样可以吃到所有好东西。这没有什么好奇怪的，去日料店吃刺身不就是这样吗？

当然，一味罗列高级食材也没什么了不起的，关键是要做得好吃。既名“焯跃”，“焯”是题眼。焯的本义是在开水里略微一煮就拿出来，与水相关，却又用的是火字旁，显然还有更多形式意蕴，焯跃就是来探究焯的精髓与这种种可能性。

在这里，“焯”成为一种魔幻的烹饪方法，水焯、火焯、冰焯、油焯、烟焯、汽焯、汤焯、粥焯、味焯，从零摄氏度到十来摄氏度，到七八十摄氏度，接近沸点，超过沸点，甚至两百摄氏度、四百摄氏度，在冰与火之间起伏跳跃。在全生与全熟之间，食物的风味与质感展开一场博弈，此消彼长，哪一刻才是巅峰状态？

所谓不同的温度，冰焯象拔蚌是一个典型例子。升温能让食物产生不同风味，降温同样可以。很多贝类在零摄氏度时会更加鲜甜爽脆，所以我们爱刺身的口感。将加拿大象拔蚌放在冰水里，降至零摄氏度，冰脆爽口，上碟的透明盘子亦相应冻得冰白。象拔蚌切得厚实大块，先在其上打了细密花刀，斟入自己调的金不换酱油，约略浅渍，味道就已渗入，是我极喜欢的一道。

粥焯我们很熟悉，看不见米的粥水火锅嘛，顺德人的智慧。糊化的米粒，支链淀粉释放，轻轻包裹保护食材，食物处在相对稳定的温度中慢慢升温，能够保持比较好的状态。粥焯东星斑，自然是又鲜美又嫩滑。

汽焯，听上去神秘，说白了也很简单，什么烹饪法是以蒸汽凝结与对流加热的？显然，就是蒸。相对水媒介，蒸汽可以更稳定地提供热能，蒸笼里的东海大黄鱼，火候恰到好处，简单的油盐味足以烘托鱼肉鲜美。烟焯与火焯，其实就是烟熏火燎。玻璃匣子里的金枪鱼中腹与赤身，在烟雾中产生更丰富的风味，诱人的M9和牛烤串在火光里取出来，焦香丰腴，让人满足得想要转圈圈。

最接近于我们所理解的“焯”，大概是汤焯、水焯、白焯与味焯，均以液体为媒介，当中温度最低的是味焯，味焯的“味”来自卤水，一件卤水鹅肝细滑入味丰腴；水焯阿拉斯加帝王蟹蟹腿，用的是萃取大量河鱼精华得到的姜葱鱼水，在80～90摄氏度水焯，纤维收缩减缓，蟹腿起起落落，刚刚凝结就上桌，抓住了最鲜甜滑嫩的一个瞬间；白焯，就直接是用开水焯，开水无味，对食材质素要求极高，白焯软壳濑尿虾有其本真的鲜美，再包进一尾长长的云吞里。

汤焯比水焯温度略高，一块厚切的响螺扒，脆、鲜、甜、嫩，优雅干净，将嘴里所有杂味一扫而空，难怪村上龙在他的食物小说里将之封为顶级的味道。潮州菜餐厅通常会为这种纯粹干净的鲜美配上一抹狂野之味——虾酱，焯跃异曲同工，用的是奔放的紫苏酱。一吃，再莞尔，原来是紫苏炒田螺的香味啊，想起了广州夜宵摊子的烟火气。

同样是为珍贵食材添上市井风味的，还有油焯花胶。大片花胶裹上脆浆，在高温热油中一焯，表层金黄，咬起来居然有蒜香骨的香气。也太大胆了吧！从来没吃过这种

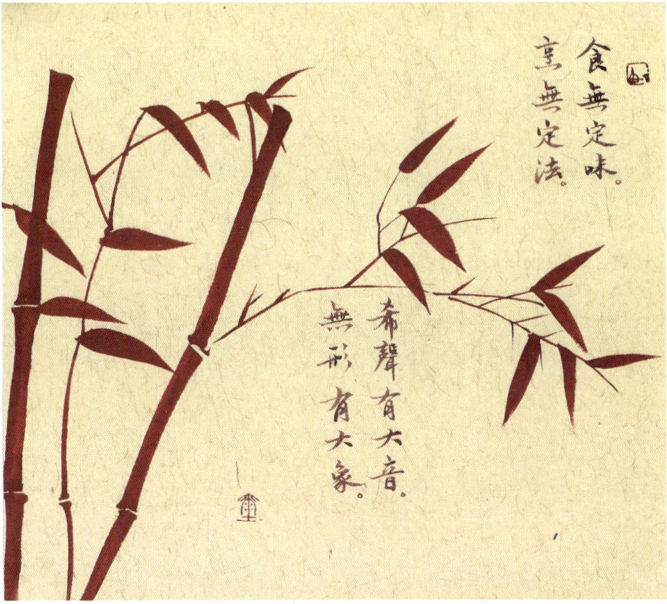
食無定味。
烹無定法。
希聲有大音。
無形有大象。

躍這群年輕人。沒有包袱。
不拘一格。啥都敢試。
「粵」是根基。「躍」是个性。
躍來躍去異想天開。

做法的花胶。我第一次吃其实是完全不理解的。第二次来，忽然懂了。那个“焯”一下的动作还是近似的，只不过将水换成油，油炸的效果往往近似于沸煮而不是煎，油炸可让食物温和均匀地受热，食材反倒能保持绝佳状态，天妇罗就是典范。咬开薄酥酥的脆金，里头的花胶还是软糯糯的。

到底什么才是“焯”？又有什么不能算作“焯”？我想来想去，发现万变不离其宗的是，加诸食物其身的外在媒介，水、火、冰、油、烟等，均直接、简单，相对短时间，看似云淡风轻，拂扫而过，却又分分秒秒锱铢必较。最简单的事往往最难。彪哥说，如果说跃做的是加法，那焯跃就是在做减法——怎样以最少的外在因素激发出食材本身最大的风味来?

回想起来，还好他们后来转舵没有做日料Omakase。那一年广州突然冒出好几间高级日料来，看上去都挺像的，比拼的都是谁的食材更稀罕、更名贵，根本拉不开差距。焯跃巧妙地借鉴了这种模式，却并非直接搬过来，而是根据这种模式新创了一个概念。

彪哥说在日本看到寿司、鳗鱼饭、天妇罗，均可成店。越是名店，做的事情越单一。惠食佳的伍先生也讲过，未来的餐饮发展趋势是“切片的”，将某一种烹饪手法或特色食材抽取出来，做深、做透、做精、做彻底。所以惠食佳后来开了啫啫煲专门店“啫八”，而彪哥开了这间以“焯”为核心的“焯跃”。

这是一个原创的概念。在别处从来没有见过这样的餐厅，每道菜的做法我们却并不陌生。显然Seven是通过思考、观察，实践着经典粤菜的做法技巧，再提炼、梳理核心本质。所谓创新，并不是老师傅教六成油温，我非要三成，或是师傅说放油盐糖，我硬要改成酱醋茶。经典的味型、烹饪技法，是有内在逻辑的，只不过前人往往只讲结论，不论述过程。

Seven的办公室除了琳琅满目的瓶瓶罐罐以及各种烹饪解构现代理论书籍，还有不少泛黄的老菜谱。其中，许衡的《粤菜存真》，先前听惠食佳伍先生提起过，他以之为基础复原过一系列濒临失传的老菜。可是，跃做的是现代粤菜，为什么也要看老菜谱？读老菜谱，就像翻看失落的琴谱，了解前人思路，改变的时候亦有源可溯。每一个饮食文化里都有形成经典的风味，是沉默伫立、结构稳定、亘古不变的金字塔。抓住精髓才有余裕可创造。

跳出传统的桎梏，用科学的眼光来看，才能把最坚实、本质、不可或替的骨架抽取出来，从而更好地表达。蔡昊是这方面的先导，Seven也有这样的思路与胆识。

5 红色的竹子还是竹子吗?

经过解构重组的“跃菜”还是粤菜吗?或许跃团队曾面对过这样的质疑，Seven反问一句：“那么，红色的竹子还是竹子吗?”

这是他在汕头平平居看到的一幅画，仿佛一击即中，回答了他长久以来面对的这个问题。画家既然能有自己的个性表达，厨师为什么不可以?

他一直在思考粤菜的本质与边界在哪里。食材并不能拘束粤菜，一条鱼，一块肉，放诸四海皆可入菜；技艺亦无法限制粤菜，粤菜一向都是海纳百川，取各家之所长为我所用，也正是因为有这样的态度，才有今时今日的粤菜。变化中的粤菜才是真正的粤菜。

“这个例子好像是淮扬菜大师周晓燕说的，”Seven 说，“以前的小朋友穿的那种虎头鞋你知道吗?现在没什么人穿了，大家不喜欢那种式样，代际之间审美有鸿沟，所以有些技艺渐渐就要失传了。可是技艺本身是没问题的啊，把上面的图案换成小猪佩奇会不会更受欢迎？非要绣虎头，也可以改成比较卡通的虎头吧。对于粤菜来说，咕噜肉有什么好复制的，前人为什么要把猪肉做成咕噜肉这种样子，才值得我们好好思考吧。现代厨师应该学习的是一种解题方式，而不是直接抄答案。”

食研厨房当年为什么突然决定做粤菜，这个故事我近来才听说。他们一开始其实也没有明确的方向，只是想做创新，尝试些不一样的东西，在国外吃了数十间米其林星级餐厅后，却忽然意识到，自己不管做出多么精彩的法国菜，也未必比得上一个法国厨师啊。让他们有底气的并非掌握了多少西餐的技术，而是流淌在血液里的中国饮食文化根基，这才能造就真正的独特。于是Seven立马决定，回国后要做中餐，彪哥把范围再缩窄——做粤菜，现代粤菜。

他们开始做现代粤菜料理后，继续满世界跑，不仅去吃别人做的菜，也去做给别人吃。到巴黎，在诺贝尔故居改造成的餐厅Soluxe 59做晚宴，邀请法国的米其林餐厅大厨来吃。食材是当地的，鸡只能用冰鲜的布雷斯走地鸡（Seven说跟我们活蹦乱跳的清远200天走地鸡不能比），这样子做出来的白切鸡却还是让法国内政部总厨回味不已，忍不住多添了一份。

这两年来我参与跃团队的几次视频项目，常常在他们的办公室与后厨之间穿梭，有时也跟着他们半夜围坐在灯下试菜——也就是开头所说的那个场景。其实当时不仅是我们几个，旁边极有气势地簇拥着一大群跃团队的年轻人。

彪哥说，他们可不是加班哦，是自愿留下来学习的，有的本来已经放假，还特意赶回来。

传统的中餐厅，老师傅掌握做菜秘诀，总是会在关键时刻，找个借口支使年轻厨师走开；跃完全不是这样，这里一切都是敞亮的。我太记得那个深夜厨房，这群年轻人安安静静站在旁边，目不转睛留意每个细节，Seven做菜的时候，手一扬，所有人目光转向那边，他往这边一动，所有人又一起移动过来——简直像在指挥乐队。

我也留意到了，每逢发现什么特别有意思的餐厅或是活动，彪哥总是大手笔包场，跃团队浩浩荡荡全员出动去观摩学习。年轻厨师还可以自己尝试研发新菜。报名参加内部厨艺比赛，下班后继续留在厨房捣鼓。现在，跃团队的内部比赛已经做到第七季了。彪哥那天打电话叫我来做评委，自己忍不住先笑了，说：没什么没什么，就是一天连吃五套fine dining菜单而已。

你去吃饭就会留意到，除了穿白色厨师服的同事，餐厅里还有四个穿黑色厨师服的，这是四个合伙人，除了彪哥与Seven，还有风趣幽默、曾是音乐人的袍哥，以及我们圈子里见多识广、品味好，自称“吃喝玩乐专员”的Billy。他们四个平常也会在餐厅招待客人，亲自斟酒。

Billy懂酒，总会挑选好玩的酒来配餐，也策划主持各种香槟饭局，我参加过两次，一次是惊人的全库克局，9款不同年份的库克香槟垂直品饮；另一次是情人节桃红香槟主题，从米拉沃之花喝到唐培里侬粉红P2，整个人都沉浸在玫瑰色的泡泡里。跃大概是华南地区香槟品种最齐全的地方，最近还成了首家唐培里侬餐厅。

这四位合伙人个性分明、各有分工，他们搬办公室的那两天我刚好过去，转悠一圈，看看他们首要把什么东西搬进去，Seven的那间最大，琳琅满目，堆满他收集来的食器；袍哥其他东西都还没搬进来，先安置好一把吉他，桌子上放着一册张岱的《夜航船》；Billy的办公室里全是酒和酒柜。彪哥的办公室最要紧的是什么？哈，是一张能完全躺下的豪华沙发椅。

我能理解，会议室常常有三四拨人在找彪哥，他是整个团队的主脑，回到自己的房间大概才能稍微歇一会儿。彪哥给自己定位的角色是产品经理，我觉得也等于是一个导演。剪辑大师沃尔特·默奇说导演是电影的免疫系统，“一个有才能的导演总是为其他人提供发挥才能的机会——我相信这才是导演的真正功能”。

6 杯碗里的星光

我不是美食家也不是食评人，餐厅点评、觅食攻略统统写不来，也不太关心某道菜具体怎么做。那么，写什么？我想写的是那些有想法的餐厅，有理想的人。他们可能专注于某一种食材，或许提出了一些概念，总归是与其他人有些不一样的地方。就像文字是我探索、描述世界的工具，有人选择拿起了画笔颜料，有人运用音符乐器，而有的人，用肉、鱼、虾、蘑菇、火、水、风等等来施展“炼金术”。我在书上看到，在古希腊时代，“厨师”“肉贩”和“教士”共用同一个词：mageiros，这个词与“魔术”（magic）同一词源。

我为跃的品牌宣传片写剧本，第一稿想写成科幻片，开头发问：2046年人类还吃粤菜吗？电光荧荧，扑朔迷离，直到主角吃下一口食物，惊呼：原来是白切鸡啊。在我的心目中，这是一间面向未来的餐厅，留存住的还是记忆中的味道。最终定稿还是用“跃”来做主题与串联，为了突出这个姿态，要给男主角Seven设计一系列跃起来的动作。脚本上写的只是原地跃起，彪哥突发奇想，不如干脆从渔船上跃进海里吧。说着，他就打电话给Seven：你会游泳吗？

后来Seven真的穿着厨师服爬上山跳下海，非常过瘾。跟这个团队在一起，你会感觉，好像没有什么事是不可能的。

这条去汕头“跳海”的宣传片，为的是给潮跃开业做预热，对，就是那间真正谐音“超越”的餐厅。他们还想怎样超越自己？

我写剧本之前反复跟他们聊。彪哥想保留神秘感，一直不让我知道有什么新菜，只说是一间不一样的潮汕菜餐厅，现代潮汕料理。

好嘛，原本跃现代粤菜料理就有许多潮汕风味，直接挪过去不就行了。不不不，他俩连连摆手说，我们不会重复自己。

实在熬不过我追问，他们透露了其中一道菜。好比说鱼饭，跃做了个非常可爱的猫罐头，大家很喜欢，但潮跃却不会这样做，而是用另一套思路，选更高级的鱼，将鱼皮与鱼肉分开考虑，处理成不同的质感。

“现代粤菜是一眼望不到山顶的高峰，跃、焯跃、潮跃组成三支小分队沿着不同的角度向上攀登，看到的风景也不同，”Seven说，“我不知道哪个方向是正确的，唯有继续不断向上爬，三支小分队会在某个地方相遇也说不定。”

“这些探索是错是对，现在没有人知道，”彪哥补充道，“但总要有人先走出这一步。超越对我们来讲最大的意义，是每天超越自己一点点，滴水成河，就像潮跃的‘潮’是水流动的方向。”

好久以前，我跟彪哥聊天，那段时间院线正好在放映电影《我和我的祖国》，陈凯歌执导的《白昼流星》那部分争议很大，我却不以为然：宁浩、徐峥的市井气息确实有趣，陈凯歌的浪漫也很动人呀。一座城市，要有大排档、老字号、小吃店烟火烈烈直接地气，也要有人捕捉杯碗里的星光。

跃的暖胃汤里真的有星光。墨黑杯子里盛着杂鱼汤，星星点点有如泼洒了闪粉，原来是鱼鳞。Seven的家乡在广东清远北江的一个岛上，从小就吃江里打捞起来的河鲜，囫囵一锅煮的杂鱼汤让他发现，原来鱼鳞比鱼肉还要鲜美。跃的这碗杂鱼汤，他也萃取鱼鳞保留在汤里，滚烫的汤，一边慢慢啜饮，一边看到那银灰闪光自己有生命似的慢慢涌上来，仿佛星河灿烂。

我问彪哥最喜欢那部电影的哪个章节，他有点茫然，不知道我脑子怎么突然转到这个话题，但还是憨笑着回答：《白昼流星》。啊哈，果然。

方叔叔

——我的家在莆田

1 莆田这个地方

“方叔叔”，第一次听到莆田餐厅的员工喊他们老板的时候，我有点吃惊，而老板娘是“刘妈妈”。简直是一个盛大的家庭。

我更没想到，跟他们熟了以后，常常被带到乡下去玩，在泥滩里打滚。这不是一间从新加坡开过来的米其林餐厅吗？而且除了新加坡的第一家店在马路边，绝大部分分店都开在大城市商场里——广州第一间莆田餐厅就开在太古汇，我那时候还在那上面的写字楼上班，每天经过扶手梯就看到竖着一块大牌子“林青霞至爱餐厅即将开业”。开业后过来，吃林青霞最爱的百秒黄花鱼，用勺子舀，连着汤吃，特别鲜。外墙白色水纹在浅知更鸟蛋蓝或蒂芙尼蓝底色上蔓延，永远的夏天。

起先认识的是一个叫夏天的女孩 。很多年前她还在做杂志的时候，我们就不时碰见，每次我都忍不住咕哝一句：总觉得你像谁……重复念叨七八年也没想起到底像谁。大概是张敏？反正是九十年代港星美人，爽利妩媚，气血丰足，厚嘴唇总是红色的，眉发眼珠子都黑亮亮，肤色黝黑，而且这几年眼看着越来越深——难怪我会联想到那个时髦人士最爱度假消夏晒出健康小麦肤色的年代。

她不是度假晒的，原来她早已从杂志转到莆田餐厅工作，因而常常要去福建莆田。那里的烈日有多厉害，我后来也体会到了，尤其是在盐田里，阳光反射回来更是卷起千堆雪，四野白茫茫。

可是，在莆田餐厅工作，就常常要去莆田？这是什么道理？餐厅又不开在莆田。莆田这个地方的食物，本来也不算太有名，然而，偏偏出了一个开遍全球的莆田餐厅，从新加坡开枝散叶到马来西亚、印度尼西亚及中国香港、中国台湾、上海、北京、广州、深圳。但是不管开在哪儿，离不开莆田当地的好食材。

我第一次去莆田，是为了紫菜。在莆田餐厅吃紫菜，焖煮的，乌油油，极为细腻柔软，用筷子尖去夹，不舍得下重手。原来紫菜也分三六九等。每年可采摘十二次，莆田餐厅只取第一轮的，也就是头水。头水紫菜，只有七天的黄金采割期。很多地区为了早日收成开卖，现在大多提前到夏天末下苗；而莆田当地，依然坚持祖训，每年秋分才开始下排架、泼紫菜苗，固然收成时间最迟，但秋分过后的海水温度更低，清凉的海水让紫菜长得更加鲜嫩。

于是，叫夏天的女孩问："要不要跟我们一起在最好的时节去莆田采割头水紫菜？"

2 头水紫菜

莆田没有机场，要先乘飞机到福州再坐一个多小时车，就在紧邻——福建省的车牌按照地图分布顺时针排序，省会福州闽A数过来，第二个就轮到莆田是闽B。莆田的名声一直夹杂一种隐秘复杂的内情，东庄的医疗，北高的黄金，仙游的红木，涵江的农贸，还有真真假假虚虚实实的球鞋生意，"一个镇从事一门遍布全国的生意"。你有没有看过非虚构小说《午夜善恶花园》？那个故事发生在美国南部小城萨凡纳，当地各色人物轮番登场，鱼龙混杂，传奇古怪，神秘有趣，如果在中国写一本这样的书，我大概会选莆田来做田野调查。

在莆田，我终于见到了方叔叔。方叔叔站在乡亲农人之中，不大容易找出来，也是一样黑黑的，还戴着顶草帽。一路上总是有人为了这事那事喊他，他很快活地忙来忙去。我们坐渡轮去湄洲岛，上船各自找位子坐下。有人给方叔叔找了个位子，他很快让给身旁一个当地妇女，再给他腾出一个位子，他转头又让出去了，然后站在旁边，撑着船上的小圆柱子乐呵呵地跟刚认识的乡亲闲聊。

到莆田第一晚的菜单：清炖红斑、酱油水蒸小黄瓜鱼、和味猪手、清炖羊肉萝卜、干煸油根、汉和鲍鱼、焖芋仔、海蛎烫米粉、焖头水紫菜。

第二天我们坐小船出海。一望无际的海面，整齐划分成无数个方方正正的区域，一块块紫菜田。竹筒之间系着上下纵横交错的绳索，先前泼苗的时候，就在这排架上洒满了海蛎壳，紫菜从这壳里钻出来，依附着苗绳肆意生长。潮起潮落，时而漂浮在海面，时而悬挂在空中。

头水紫菜极其细嫩，丝线一样，要人手采收。我们换上荧光绿透明橡胶连身衣走到滩涂里去摸，一缕一缕，乌金油亮，纤细柔软，如云秀发散落浸没在水里，起起伏伏。正是最漂亮的时候，次水会越长越疏，颜色也会转暗，渐渐发紫。忽然有人（或许是恶作剧地）大喊一声："涨潮啦！"可把我吓坏了，赶紧往回走。泥巴这玩意，挣扎得越厉害，就陷得越深。一群人，你拉我，我拽你，好不容易从泥泞中爬出来，兵荒马乱，嬉笑一团。风来的时候，一阵一阵又咸又鲜，就像泡在一锅混沌浓郁的紫菜汤里。晚霞从金橘色渐渐变成清冷的浅紫，在滩涂上淡淡地抹开，像水彩。

我们采摘紫菜那个地方叫蒋山村，大石头上写着"中国紫菜第一村"。莆田此地简直神奇，一村一品，每个村出产不同的好食材：蒋山村头水紫菜、南日鲍、平海花蛤、江口海蛎、湄洲岛的黄花鱼、度尾文旦柚、华亭龙眼、贡晶海盐，还有哆头村的哆头蛏。

3 哆头蛏的夏天

第一次看到“哆头蛏”这名字，眼花以为是“多头怪”。蛏子我当然是很熟悉的，长长扁扁的壳，里面的软肉有两只兔子耳朵……哆头蛏是怎么回事？到底有几个头？我一边剥壳一边嘀咕：太多头我也是不敢吃的。好在哆头蛏并没有三头六臂，还是寻常样子，只是更加肥美，更加鲜甜，更加该吃，哆头其实是一个村子。

以前吃的蛏子，多半是海鲜酒楼开边蒜蓉蒸，吃到莆田餐厅的哆头蛏，尤其是铁板盐焗，惊艳。盐的咸，洗出蛏子本身的清鲜来，就像看到王丽坤素颜跳水从泳池里探头那瞬间。老酒竖海蛏是传统做法，密匝匝插在瓷盅里，浸润了酒香，鲜美得简直浓艳——福建有些地方还会用“插蛏”来形容人多，确实形象。

叫夏天的女孩又提议：“欸，你要不要跟我们一起去哆头村吃哆头蛏？”我当然又答应了，于是第二年的这个时候，我再次来到莆田，头顶艳阳，在哆头村的蛏子田里打滚。

你有没有见过融化了的巧克力？做甜品

时将大量巧克力排块加热，浓稠得有点搅不动。我当时就在这样一大片巧克力质感的泥浆里，细腻绵密柔滑，沉甸甸的，根本动弹不得。当地蛏农过来救我，一条陷在泥里的腿，两三个人都拔不出来。抹汗还抹了自己一脸泥巴。蛏子就喜欢成长在这样的黑滩涂泥里。蛏农才不会像我们这样穿着橡胶鞋裤防护，而是直接踩进田里，反倒更能控制自如，就像日本海女无装备下潜海底捕捞鲍鱼。

原来蛏子会溜！从来没想过这小家伙会有这样灵活的一面。泥上小孔暴露了蛏子的行踪，它们那两条小长腿/小手指/长鼻子/小舌头/小脑袋/小耳朵，其实一根是入水管，一根是出水管，喷出的水能穿越泥层，而它们自己匿藏在深处——比方我站着，泥浆盖到我腰部的话，那蛏子大约躲在我膝盖附近。伸手去摸，就能感觉到它还在往泥里钻。马上一把捏住，这就是我们的哆头蛏！金黄色的壳被泥团包裹着，两支小触角俏皮地伸出来。哎，我跟它捉迷藏嬉戏得太投入，其实数次扑倒在泥地里，摔打出一身泥。

岸上在煮蛏子。他们在蛏子田边支起大炉灶，现挖现煮，清水大锅，只是加了一些盐巴，我滴着泥水爬出来剥蛏子吃，一只又一只像嗑瓜子，可哪里有这么肥硕的瓜子，鲜甜肥美过瘾。这一会儿工夫磕掉的哆头蛏，估计把我放在泥潭里泡一整天都挖不够数。蛏农挖蛏是辛苦活。

哆头是莆田涵江区一个海边小渔村，养蛏已有六百多年历史。靠海吃海的人有自己强大的信念，也有自己感恩天地的方式。到了哆头蛏节这天，村民们在朦朦胧胧幽蓝色凌晨就敲锣打鼓上兴角山蛏池取“圣水”。兴角祖宫是莆田最早供奉三位娘娘的庙宇，除了妈祖还有吴圣天妃和临水夫人。据说在唐朝时吴圣天妃就在此开始养蛏，蛏池圣水洒在蛏田里可祈求丰收。当地人管吴圣天妃叫吴妈，听着很亲切，特别像村里的一位热心长辈。我们很早就爬起来，也赶不及看他们上山，只好吃过早饭来看祭祀祈愿，队伍走到大街上时，天已大亮，日头烈烈。

说来也是巧，莆田前些日子一直阴雨绵绵，叫夏天的女孩还提醒我记得带外套，他们在方园准备家宴，也提早搭好了巨大遮雨顶篷，没想到这天竟然大放晴天，方叔叔很高兴地说是妈祖和吴妈庇佑啊。

我看着供奉的“圣水”忍不住好奇：千百年前为什么蛏子会被命名为蛏子？海产取

名多用虫字旁（在古人眼里，陌生的生猛海鲜大概跟虫子一样可怕，老虎更可怕，是大虫），可是右边“圣”字的来由呢？“蛏子”粤语发音还等同于“圣子”（我一直以为普通话也一样，乱读了好多年），是一个巧合，还是有什么典故或传说吗？联想到鲁迅说的，法海躲到螃蟹里面静坐成了蟹和尚。

有一本印度小说叫《微物之神》（*The God of Small Things*），这个名字就让我着迷，微小的生命与细物里是不是冥冥之中都有神秘主宰？……另一句话说：“现代人看不到神是因为他们看得不够低”，我的神明存在于文字里。对于万物的名字，我有点“字眼儿崇拜”。也未必是中看不中用。法国AOC/意大利DOC就是完备的原产地命名控制，让你看到一张标签就能知道来自哪个国家、哪个地区、哪个村庄、哪一块田，说不定还能看得出来那里是不是有山丘河谷。一方水土养一方人，生长在泥里的蛏子更逃脱不了这样的命运。哆头村的蛏子特别喜欢这个地方得天独厚的黑泥滩涂，在这里长成肥硕、饱满、嫩滑的小精灵。所以，这样有名有姓的蛏子也蛮好，就像干邑之于白兰地，香槟之于起泡酒，有本事就当得起这份骄傲。

4 莆田风物

这样的风土里生长出来的人，终于也还是一次又一次回到出发的地方。方叔叔二十年前在新加坡想吃家乡菜，找不到，决定自己开一间。大多跟食物有关的故事都是这样开头，人在异乡，味觉记忆忽然变得特别清晰、敏感、脆弱。可他没有经验，连去哪儿采购食材都不知道，看到门口过路的货车上居然写着鸡鸭供应商的电话号码，就赶紧抄下来。后来用飞机空运家乡的蛏子，折腾，昂贵，可是值得。

每一年，每个食物当造的季节，方叔叔都会回到莆田。初春，仙游的书峰老树枇杷成熟了，一只只金色铜铃，清润甘甜，其中一成是贵妃白梨枇杷，香甜若梨，一年只产十天，要赶紧啊。四月开始，就是哆头蛏的夏天。

还有黄花鱼节，宁德的内海拥有世界级天然深水，养得黄花鱼格外鲜嫩，除了经典的百秒黄花鱼，还有叁芭酱淋黄花鱼、鲜辣剁椒黄花鱼、江口黄花鱼溜、软煎黄花鱼、砂锅黄花鱼汤、咸香黄花鱼，连炒芥蓝的咸鱼都是黄花鱼。

接下来，等荔枝红。莆田原来有别名叫荔城，我们在初夏的时候跟着方叔叔去涵江双福回族村，村口有一株超过七百年的荔枝树，荔枝垂下来，还是青绿小小果子。乘小船荡漾在村子里，几乎家家户户都种了荔枝树，两岸映下来的苍绿把河水都浸染得浓郁了。到大暑之前，陈紫老树荔枝就熟了，那时河上会泛起一片红云。

夏秋交接，鳗鱼储备脂肪准备洄游，有经验的养鳗人说，是吃鳗鱼最好的时节。方叔叔原来就是有经验的养鳗人，1994年养过鳗鱼。他说其实日本建立的鳗鱼养殖场最早就在莆田涵江，用温泉来养，一整年都不用锅炉。难怪莆田餐厅的鳗鱼特别肥美，我一顿饭连吃了普宁豆酱蒜香焗鳗鱼、铁板香煎鳗鱼、冰切日本烤鳗鱼、香酥鳗鱼骨，最绝的是山泉水清煮，鳗鱼够鲜活，才敢这样做，看上去素淡，其实嚼啊嚼那紧致的肉，鱼油慢慢渗出来，特别香。

秋分过后，就可以去湄洲湾北岸蒋山村采收头水紫菜。到了深秋，仙游度尾镇的老树文旦柚，果肉一瓣瓣玉珠子似的。冬天是吃海蛎的季节，江口镇的海蛎，个个长得圆润饱满，渔民用盐渍的海蛎，咸鲜直冲上脑，我在莆田餐厅吃了，适合配清粥，还有江口家乡海蛎汤、紫菜海蛎酥、海蛎煎米线。

莆田这个地方最早成名的原产地命名食材，大概是兴化米粉，莆田古称就是“兴化”。这极细极细的米粉，吃到嘴里让我想起日本人把粉丝称作“春雨”（当然粉丝是绿豆而不是米做的，完全是另一种东西），但舌头上确实有那种细细密密轻轻绵绵的诗意。

如今的米粉都是工厂规范制作，要经过浸米、磨浆、出粉、晾干等十几道工序，整个米粉厂蒸得热烘烘的，外人根本待不住；唯有一大股米线从管子里源源不断流出来，一个人切断，一个人像卷纱一样盘起来，这个过程如行云流水，我可以不厌其烦一直看下去。早餐还去小吃店吃了豆浆炒米线，没有方叔叔家炒得好吃。

5 方叔叔的家

每次来莆田都会去方叔叔家吃饭。在江口镇厚峰村，门口远远立着一块巨石：方园。这气势，停车的时候，出租车司机都会好奇地问是什么地方，公园么？

方园是雕梁画栋木结构大宅，红砖青石墙面，庭院平砌大石板。我先前以为是古老祖屋，后来才知道原来是方叔叔再建的。窗明几净，纤尘不染，像是刚刚有人拿着个小刷子一寸寸拂扫过每一个角落。

方叔叔有洁癖？我问叫夏天的女孩。

她深深地点了点头。

做餐饮的人有洁癖，对于食客来说一定是好事。方叔叔还有强迫症，莆田每一张图片他都要自己看过才放心。他以前是学油画的，他们老师说，学美术有样好，不管你以后做什么，审美的眼光是人家拿不走的。公司人事、财务，甚至在哪里开店，他一概不关心，说反正也不懂，统统交给人家来管，最在意的是食材和呈现给客人的品牌形象。我说难怪，餐饮行业找专业人士设计视觉形象不罕见，但是到后来经常自己添油加醋弄得稀里糊涂，莆田倒还是一样统一清爽。

家宴的夜晚，除了我们，方叔叔还邀来很多乡亲，入席前坐在天井打牌听曲儿，夕阳一点一点往下坠，天色全黑的时候，空阔的前院，两侧已经排开十来个摊档，摆满小食大菜，像是热闹夜市。

我站在摊子前看人家摔打章鱼。鲜活鲜

跳的章鱼，师傅用榨过油的碎茶籽反复揉搓摔打够了，白灼一下就好吃得不得了，鲜甜脆爽；方叔叔是特意请这位师傅来的，他手上有功夫，别人打出来的就是两样。

旁边做扁肉的，更需要功夫，傍晚的时候他铺开荔枝木墩，放上一块比砧板厚的鲜猪肉，开始用桂圆木槌捶打。吃到一半跑去看他，那块肉已经生生被他捶成肉泥。三个多小时后，他居然将那块肉擀成薄皮了，几个人拉着，极长极宽像一张薄纱，这样拉扯着，也不烂。再用这肉皮儿包肉馅，就是扁肉。

在有哆头蛏的夏天，四方桌子上一道一道端上来香卤豆腐蛏、椒盐海蛏、葱姜炒海蛏、冰爽酒糟蛏、红菇鲜蛏汤、盐焗哆头蛏、风味泰式蛏、蒜蓉蒸海蛏……吃头水紫菜的季节，除了下酒的脆炸紫菜，还有头水紫菜焖饭，用了珍珠米和圆糯米两种米，前者取其香，后者取其糯，再把海蛎干混合剪碎的头水紫菜，加入鲜鸡汤一同焖饭，当地人坐月子的时候吃。还有百秒黄花鱼、满盅足料的佛跳墙、海蛎煎、酥炒芋芯、冻蟹、卤面、放茅台提鲜的老鸭汤，我喝着老酒吃了一整盘九转小肠。实在饱得不行了，旁边的人推过来一碗豆浆炒米线说好吃，我心想这是什么古怪做法，推脱不得尝了一口，意外地好吃，有种京都豆腐火锅的韵味。忍不住又吃了一碗。

家宴上吃的大多是莆田餐厅里也有的菜，都是方叔叔最爱的家乡菜。方园烧柴火灶，架上大锅，方叔叔自己做卤面，有什么配料都放进去，越大锅越香，这是莆田菜的特点。他喜欢热闹，小学五年级的时候就把同学请到家里来，自己做卤面、擦粉、海蛎煎请同学吃，现在也会亲手煮卤面给同事小伙伴们吃。方叔叔说，看到他们的笑容我也特别满足。

有次我在咖啡馆碰见叫夏天的女孩，她坐在角落举着手机在视频聊天，那随意愉快的状态，我以为对面的是她家人，走过去一看，居然是方叔叔，他在自己新加坡的南洋大屋院子里，旁边笑嘻嘻的马来西亚女生也是莆田的同事，我们一起去捞过哆头蛏。我也凑近镜头，跟他们挥手打招呼聊起来。莆田上上下下有种莫名的感染力，一下子就把你包起来，融成一个大家庭。

我问他，是谁起头叫你方叔叔的呀？

他想起来，那是很多年前，在新加坡的店，员工家的小孩都会接过来过暑假。有一个星期六，店里很忙，大家都走不开，他就自告奋勇开了辆七座车，带着五六个小孩去野生动物园。到了动物园才知道坏事了。

这帮小孩看到什么都很高兴地大声喊他去看，异口同声：老板老板，这里有孔雀；老板老板，这里有猴子。他们平常都是跟着爸妈这样喊。旁边的人搞不懂怎么回事，都转过来看着他。他心想，啊，太丢脸了。于是就让小朋友排成一排站好，说："大家听好了，以后不要叫我老板，叫我方叔叔。"

如意

——餐具像一个预告

1 消失中的味道

“如意”，是我觉得极美的两个中国字。在人与人交接的场合，互道祝福，最理想不过一句“如意”，as you wish——一切如你所愿，不管你想要什么。这是一种祈愿，一种盼想，一种未完成的进行时，繁盛，妥帖，包罗万有。这两个文字形态也美，没有亦不需要得到简化，自带东方的婉约与温润。

在如意宴上，我再次见到Desmond张聪与陈岚舒这对漂亮夫妻。

那天晚上是如意宴的第八章：怀旧粤菜。天才厨师谭国锋选取马来西亚美食作家谢嫣薇《消失中的味道》一书中的六道菜，将文字还原为盘中餐，在澳门永利宫金绿交织浮丽得令人目眩的背景里，更是有一种追忆旧梦的恍惚感。

这些行将消失的味道大多是富贵闲人菜。雪花鸡片，是将两斤半的清甜响螺切片后来炒鸡片，分炒的话味道不够，炒在一起火候要求又不一样，要鲜嫩，又要有镬气，对于厨师的分寸感拿捏是极大考验。麒麟龙趸皮，首先那么大张完好的龙趸皮本就罕见，还要用鹿筋、昆布、柚皮这些食材来配，分别以鸡汁、牛肉汁、大地鱼、虾米及鲍汁焖煮，做法繁复。至于羊头蹄羹是将羊头与羊蹄肉手撕成缕，食材矜贵，手工烦琐，而且味道又细致，非富贵闲人不能想出这样的菜，然而，“天下难得的是富贵，又难得的是闲散”，更难得的是，这两样还能兼，于是这些艺术也便渐渐失落了。

很多东西都是富贵闲人想出来的。好比说瓷器，釉色要求黑得深邃不见底的同时还能有彩光变幻（是不是“五彩斑斓的黑”）；天青色向来比风雨云更捉摸不定，还要强行控制窑变，“入窑一色，出窑万彩”——古代的客户也是一点都不省心。不过，所谓文明与文化也就是这样从一点一滴“强人所难”而来的。

开场前菜是网油卷三弄，猪网油我辈已不常吃，其实是很香的，炸成薄薄羽衣裹上腰膶，内外都丰腴，现代人听到就怕了，因此这次谭师傅裹的是新贵伴侣，富山白虾、法国蓝龙虾及蟹钳，其实胆固醇也还是高，不过我们比较习惯，口感上也更清爽些。还有除了顺德本地，一般做不来的炒鲜奶，因为要用水牛奶才能炒成层叠山形，谭师傅坦承取巧用了水牛奶芝士（其实是异曲同工）。一件件，香、酥、鲜、润，小小巧巧，仅仅一口，分盛在高低错落的高足杯里。高足杯现在也很少见到，除非是在博物馆里。

这场宴席，Desmond是主人家，一直坐在席间，给我们一道一道讲菜。吃到一半，岚舒抱着孩子走过来，跟相熟的朋友打招呼。她的脸庞比我记忆里更瘦，松松绾着发髻，口红也没涂，白白净净一张小脸，一说话，眼睛就弯成月牙儿。跟Desmond站在一起，真是一对璧人。

2 如意宴

五年前我在“好酒好蔡”第一次见他

俩。那天晚上蔡昊请了几个朋友吃饭，我都是第一次见，一眼就认出了陈岚舒。

她是“亚洲最佳女主厨”的得主，也是唯一以法式料理得到罗莱夏朵“明星主厨”头衔的亚洲女性，常在媒体上看到关于她的报道，那样美丽的面容，完全像是电影里的大明星，可是现在的明星，又难得有她这样的世家气质。那时岚舒在台中开了一间高级法餐厅乐沐，我还没去过，看照片，她做的菜与她本人也很像，纤巧、清隽、优雅。

年纪稍长的是食家Paul哥，另一位红色莫西干头、打扮朋克的年轻人是北京华尔道夫的总厨。

岚舒身旁还有一位穿烟紫色上衣的男士，将一件烟灰色针织松松搭在肩膀上，颜色运用得很妙。蔡昊介绍道，这是Desmond，法国丽固LEGLE瓷器的执行董事，如意宴创始人。

噢！我想起来了。以前曾在杂志上看到过如意宴，精巧富丽，犹如在杯碗碟盅席面之间上演《海上花》。那时我就想，要是能用这样的餐具吃饭，感觉会很奇妙吧？印象极深，念念不忘。原来这是Desmond的设计。

如意宴，是以LEGLE如意系列瓷器盛载

的宴席。最爱那一套盛放前菜的小碟，九宫格布局，没见过这样华丽的开场。Desmond说九宫，实则隐含了中国人的宇宙观。九宫从洛书而来，推演出《周易》、阴阳、八卦，古人上观天文气象，下知地理，从节气到占卜再到行军布阵，都会用到，是中国人智慧的根源。

这套九宫格小碟，每一个宫位图案的设计都有讲究。正中的黑底撒金与左下红底撒金，取自漆器的意象。漆器自汉蜀就有，连同丝绸、茶叶，以及宋朝的瓷器——我们曾是最会出口奢侈品与精致生活的国家。左中的蓝色，是宋朝钧窑最难得的天青色。右上暗红的是明朝釉里红，其图案借鉴自大英博物馆的一件珍品；右下蓝色青花，灵感来源是青花果树纹双管瓶，这件宝贝的真身藏在上海博物馆。左上是清朝豆青粉彩祥云，右边中间是石头纹理，让人不由得想到苏州园林里的石林。另有一金一银，是富贵双色。这样一个开局，超过一千年的故事，描绘在小小碟子上。

Desmond起心钻研瓷艺，不奇怪，他家本就在这行当里。父亲1978年开了香港第一间花纸厂——花纸是陶瓷工艺不可或缺的一环。他在斯里兰卡出生，六个月大转到西非尼日利亚，四岁回到香港，在襁褓里就随家里生意东奔西走。少年时去加拿大读书，念的是纯美术（fine art）专业，主修印刷和油画，辅修艺术历史。回国后接手家族生意，他的关注点渐渐从艺术历史转为饮食历史，想来也算是顺水推舟。他说，所谓饮食历史，其实是一个地区风土与人文的结合，借由食物表达出来。

他与设计师丁念祖合作，为精品中餐设计器皿，其中一个系列就是如意，他们在这个系列里贯穿了一个中西文化都有的形状，方中有圆，圆中有方。到了发布会那天，丁念祖与设计团队将外滩18号大厅布置得非常漂亮，但他在现场看来看去，总觉得哪里不对劲。展厅就像美术馆，一件一件食器陈列得美轮美奂，可是跟观赏的人好像没什么关系。他明白了，器物之美还是要使用才能体现出来，食器必须要回归到食物之上。他要让大家真正用到这套器皿。

于是便有了如意宴。

如意。是我覺得最美的兩个中國字。
as you wish — 一切如你所願。這是一種祈願。一种
盼想。一種未完成的進行時。繁盛。妥帖。
包罗萬有。這兩个文字形态也美。沒有
亦不需要得到簡化。自帶東方的婉约
與溫潤。

3 中餐如棋局

Desmond认为宴席是中国人彰显文化、礼仪和人文高度的平台，他开始琢磨怎样将中国文化的美与内涵在宴席中展现出来。

我在成都吃到如意宴的第九章，主题磅礴宏大：川菜的二十四味型。

我们惯常思路总是先拿到一尾鱼，想想是清蒸还是红烧，从食材特点来考虑做法，然而这席如意宴却从味型出发。席间你还是会吃到鸡鸭鱼肉，更会有鲍参翅肚，但这些都只是将味型衬托得更精彩的底色，重点落在那斑斓绚丽的二十四味型之上，就像一篇扎扎实实的论述研究，以食物替代文字。为什么不呢？法国菜的灵魂是酱汁，川菜迷人之处也一向是那变化无穷的味型。

川菜一菜一格，百菜百味，可是具体有哪些味型，彼此之间有哪些区别与联系，他为此筹备了一年，与许家菜许凡、烹饪大师杨文反复商谈策划，几乎每个月都飞去四川到各地采风调研。最终形成的这张菜单，不列菜名，只讲味型。

宴席开端，凉菜呈上五味：陈皮、红

油、麻酱、芥末、泡菜。特别设计的五福临门拼盘，提盖花面是战国时代漆器纹，揭开盖，五只小碟线条蜿蜒，有鱼戏荷塘的盎然灵动。为了展现前菜之丰富，我在现代手法的高级餐厅见过多种器皿排列形式，有的排场很大，有的像垒积木，都很有趣，但不得不说，这一套是最有中国韵味的。

咸鲜味的开水鸡豆花，一清似水，亦不见鸡，是中国的“分子料理”。金色龙泉窑开片纹的红色汤碗，盛着这雪白淡雅浮云一团。椒汁翘壳王上桌时就引得众人站起来，鱼身极长，盘子都要特制才能装得下，白玉鱼肉衬在一片绿之间——从豆青祥云盘子到大量绿色二荆条新鲜青花椒，“最鲜辣的潮湿的绿”。每一道菜都是大胆的一幅画。Desmond说，颜色强烈对撞所形成的祥瑞、丰盛、热闹，这是中国人独有的美学与表达方法。

麻辣的代表菜是麻婆豆腐，我这才知道，原来麻婆豆腐要“麻辣鲜酥嫩捆烫香”兼备：花椒的麻、辣椒与豆瓣的辣、豆豉的鲜、牛肉臊子的酥、胆水豆腐的嫩，用芡汁捆在一起，滚油热烫，红油飘香，缺一不可。以烧烫的石锅上桌，滋啦啦热腾腾，香气远远飘过来。石锅确是烫得让人不敢近身，分到每一位手上，Desmond用了一只天目黑釉莲花碗，盖顶有弯弯的手工荷叶梗，碗盖特别重，为的是足够保温。“不仅如此，”他说，“拿起盖子那一霎，一个轻的盖子和一个重的盖子传递的感觉完全不一样。吃滚热的东西，沉重的盖子有种踏实温暖的感觉。”

黑釉莲花碗旁是一只小小的艳红莲花碟，装着软糯香甜猪油蒸透的甜烧白，吃完麻婆豆腐，嘴里火燎火烧的时候吃一勺甜烧白，以柔克刚，以甜绵解麻辣。主人家早就安排好了。

Desmond说，西餐像是演话剧，舞台在食客正前方，将一道道菜像一个个情景这般演出来。而中餐是一盘棋局，主体是人，酒和菜是辅助。

我思考这话剧与棋局的分别。我自己的经验是，高级西餐主导权在厨师手上，他菜上得快，食客就吃得快，他不厌其烦呈上数十道菜的tasting menu，你就得跟着吃三四个小时，想快也不可能；有经验的西餐后厨还会不动声色地将不同时间落座的客人的用餐节奏调整得一致，便于同时服务。而高级中餐，不管有多少道菜，那一席，吃一小时还是五小时，完全是席间的主人家自己把控的。听前辈说，以前宴席，鲍参翅肚贵重菜要先上，因为主客往往要赶场子，先把贵重待客的菜吃了；我也遇过有的饭局，宾主尽欢，聊得停不下来，旁边一个小炉子，把菜拿去不断翻热，吃不下了，但也并不撤掉；或是再喊加下酒菜，吃到天荒地老。

“因为中餐的主导权往往在一家之主手中，”Desmond说，“以前最好的中餐都是家宴。”一顿饭怎样吃，主人家有自己的打算。先奉茶，四干果四鲜果，凉菜是为了喝茶聊天开胃，垫垫肚子，方便喝酒，喝酒是为了尽快熟络。主菜要很早就端上来，将主人家心意与诚意定调，以示尊重与宴席的规格。这是中餐的特点。中餐宴席上，需要每一个人都参与互动，大家不仅仅是面对眼前的菜，同时会有很多事情发生。

做器皿设计，就像演奏交响乐，有高有低，有张有合。在浓香鲜辣之间，有一些清口小食，除了9年兰州百合，还有一道纯水儿菜，他特意用极小的莲花盖碗——如非这么小的盖碗，不能让人静下来欣赏儿菜的纯粹。儿菜纯用阿坝州矿泉水煮来，微苦回甘。他说，“甘”在英语中没有相对应的词，比起甜，他情愿翻作bitterness，也就是苦。甜是天真烂漫的快乐，而甘苦相随，是成年人才会懂得品尝的滋味。

十年前，Desmond动了一次心脏主动脉破裂手术，那次手术让他不得不暂停下来，叩问自己：那么贪婪拼命追求成功与财富，值得吗？如果现在生命马上就结束，最想要做的是什么？

4 餐具是一个预告

澳门怀旧粤菜如意宴，最后上来的点心是几近失传的戈渣。传统戈渣是将有鸡子颗粒的高汤凝固，裹浆炸得外酥内软，谭师傅改成甜口味，咬下去是一口杏仁茶。戈渣讲求的是外脆里软的比对，妙在，这一只碗以道家无极为灵感，非圆非方，就像一滴水珠在晃荡，瞬间凝固，或许下一秒又会流动。

十一年前，Desmond就听说台中有个很有才华的女主厨，一看，她的器皿居然全用法国fine dining标准：Bernardaud的瓷器、Lalique或Baccarat的水晶，Christofle的银器——当时亚洲极少有这样的餐厅，看来她对自身要求很高。于是他决定专程前往乐沐吃顿饭。

“餐具就像一个预告，”他说，“一家好的餐馆，一定对于装修风格材质选择，室内温度气味，坐的椅子，桌上餐具的材质、图案选择，到杯子的形状、高度，到放进口中的器具质感，都有着跟食物同等高度的要求，这些细节都可以提早告诉你很多事情。”

饭后，主厨走出来问候食客，这是他第一次见到陈岚舒，只是聊了聊各自对料理的看法。再次见面，是在他的心脏手术之后，感觉忽然变得很不一样。然而因为两人先前都有过一段婚姻，对于人生选择也更为审慎，于是默契地维持在好朋友的关系。

那，那是什么时候捅破这层关系的呢？我忍不住八卦。他想了想，说：“啊，就是那次见到你，我们在‘好酒好蔡’吃饭的那个晚上啊。”什么？难怪！我一边诧异一边恍然大悟。当时我摸不透他俩是什么关系，初次见面不敢多问，可是恍恍惚惚，总觉得空气里弥漫着一种亲密暧昧的气氛。

没想到我无意中做了这样的见证，大笑，问他为什么会是那晚，我们散场以后发生了什么事？

“没发生什么事啊，那天本来只是去找老蔡叙旧，”他笑道，“或许是时机刚好到了吧。”他说，这是他人生中第一次经历从好友转为恋人，后来她还成了他的太太，他感叹，“我真的很幸运”。

每一场如意宴，岚舒都是安静的食客，到了川菜这第九篇章，她才参与进来，作为一个专业厨师，与川菜大师进行交流，也从西餐标准化经验出发，为中餐社会餐厅如何把关提出建议。在岚舒自己的餐厅，所有食材尺寸都是固定的，当她说要切丁时，手下厨师必须问清楚是要几毫米的立方体，她说，“这不只是为了美观，更是为了熟度的一致”。

第一次，如意宴编撰了一本小书，《川菜二十四味型》，岚舒担任总编辑，她是台湾大学学霸，爱读米兰·昆德拉，对于文字、学术有自己的敏锐触觉，也有很高的诠释能力，从这一席锦绣中可以梳理出饮食文化脉络。

为什么把味型阐述清楚不容易？相差极大的味型，好比咸鲜跟糖醋，我当然分得清，红油、麻酱、陈皮、芥末、泡菜、蒜泥、烟香、五香、酸辣、椒盐……这些分分明明，你是你，我是我。难在有些味型层次微妙：椒麻、烧椒、麻辣、糊辣、椒汁的区别是什么？

麻辣讲究“麻辣鲜酥嫩捆烫香”兼备，椒麻是新鲜麻味与小葱叶的清香交融，不加姜蒜，是夏季旬味，此“椒”指的是花椒；而烧椒的“椒”是辣椒，中有陈醋回味带酸；糊辣既有花椒也有干辣椒，然而麻与辣都是微微的，最重要的是炝炒后的焦香，是为“糊”也。

这就好像声调，普通话四声当然分得清楚，可是有的方言声调有九个十个之多；自己的语言系统里没有那么多声调，差之毫厘根本听不出来，但当地人已经觉得谬以千里。食物风味也是一样，我的口味习惯里并没有那么多辣味，一下子有这么多种层次起伏，吃得热闹，一一对照来，才恍然大悟。

一边吃怪味黑米脆香肉，一边看册子里描述怪味，我们说五味杂陈，原来不止，麻辣咸鲜酸香甜，足有七味，而且地道怪味没有前中后调，也没有一个特别突出，杨文大师比喻很妙：就像全部味道站在同一排合影，你不压我我不压你。

我也是这次才知道原来鱼香味真的有

鱼！做鱼香味的菜，会放一种鱼辣子泡椒。传说中这种泡椒，腌制时会在泡菜坛里放新鲜鲫鱼——Desmond说南堂馆的王正金师傅在乡野里亲眼见到一位老人家这么做。鱼辣子泡椒酸、辣、鲜，用来调味，就会让沉重的辣味有了一丝鲜活灵动，看不到鱼却隐隐带有鱼香。所以鱼香肉丝、鱼香茄子，就是在质朴之中产生了神奇的味道。

我们那天电话聊完，Desmond说他要去吃饭了，岚舒已经准备好晚餐。他得意地拍了张照片给我看，桌子上一碟白切鸡，一大碗沙拉，两杯酒，清清爽爽。我在别的文章里看到过，岚舒说她最向往的生活，是“能够常常做菜给自己所爱的人吃；不必出来见人，躲在厨房一角，一整天专心研究做菜”。

如意，其实是古代的一种爪杖，柄端后有卷云形、心字形、灵芝形或是团花形，在成为庄严的礼器法器之前，亦有实用，模仿人的手形，可以用来搔痒，不需求人，可如人意。最初的如意，其实是一种最简单的快乐。

Fusion
——世界在餐盘里融合

1 非常厨房

我常去的餐厅不到十间，短短几天假期就来非常厨房吃了两顿，虽说离得很近，这频率还是有点过分了。这小馆子实在亲切，我当作家门口的会客厅。下车就看到老板跟老板娘坐在餐厅门口，落日把白色长廊与他们的胳臂脸庞都晒得金光闪闪。

"你们在干吗？"我走过去。

"晒太阳呢。每天晒十五分钟太阳，对身体好。"老板娘仰头眯起眼从太阳缝隙里瞅我，懒洋洋地说。老板站起来给我搬椅子。我也眯着眼睛坐下来。闲聊几句，老板站起身准备开工了——既是老板，自己也是主厨，恰好听到老板娘随口说了句俏皮话，忍不住回转身捏了一下她圆乎乎的下巴，说：你怎么这么逗？

我啧啧道，你们这老夫老妻的……

老板张士发Friendly，老板娘Deborah，他俩就像是那种动画片里经典的可爱夫妻。十三四岁的时候就认识了，少年时代的玩伴，后来结婚、在加拿大创业、回流香港，近年来到广州番禺定居，一起走过大半辈子，直到现在还是相看两不厌，走路都要手拉手。老板娘眉飞色舞地告诉我：我今天做“阿嫲”了。

八年前就认识他俩了，那时餐厅还在香港上环，我常去光顾，得知他们准备来广州开店，就在离我家很近的地方，我很兴奋也有点纳闷：为什么选在番禺这个市郊呢？老板娘说：“你不觉得番禺很像加拿大吗？路宽人少，多舒服。”

那时确实是这样。再早几年我家刚搬过来的时候更清净，去超市买东西，车子随意停在江边，道路两旁是高大笔直的棕榈树。谁都没想到后来番禺发展得这样快，哗啦一下子住进来好多人，巨型楼盘像一座座城池，一切现代生活的便利设施都有，然而中间地带一直处于建设中，变化中，拥挤嘈杂，兵荒马乱。唯独非常厨房这儿，像个被遗忘的度假小镇。

硕大的吉盛伟邦家具城里头，道路宽阔，望很远都看不见人，一排两层高的小房子，有着长长的白色门廊。非常厨房位于尽头，一幢白色小洋房，白色窗格，木头桌椅，垫在桌上的餐纸描绘着色彩轻盈的花鸟。

你一进门先留意到的肯定是老板娘，她总是穿着宽袍大袖、长及脚踝的直筒连衣裙，宽宽稳稳的鞋子，在店里摇摇摆摆走来走去，热情洋溢地跟每一桌聊天，讲话响亮干脆，语气像一盘酸辣带劲脆生生的拍黄瓜，明明一本正经却总能把我逗得大笑——她形容一间餐厅挤，说："哎呀，隔壁桌的人都坐到我腿上了，真是受不了"。

每次她叽里呱啦讲个不停的时候，老板就在旁边托着脑袋看着她微笑。他话不多，只有在谈到食物的时候才会停不下来，讲着讲着就会说，欸，我最近做了个菜，还不错，给你们尝尝，然后就去厨房里捣鼓去了。过一会儿就不声不响端出一盘好东西放在我们桌上。

我常常呼朋唤友占据里间的长桌，非常厨房是那种气氛轻松的西餐小馆子，每盘菜分量都不小，适合几个人分着吃，大口吃肉，喝酒聊天，老板娘一定会加入一起聊，聊得起劲干脆搬张椅子在旁边坐下来。不仅跟我是这样，好几桌都是熟客，有的是附近餐馆酒楼的老板。

我最爱吃他们家的烧黑猪排骨，以前香港店用的是美国黑猪，现在换成了西班牙黑猪，整整齐齐小栅栏一样的肋骨条，烧得暗红焦香，咬下去滋滋冒油花儿，那香甜酱汁真是绝了。每次都会点一份白酒煮青口，是很常见的菜，可他们家的味道就是调得特别好，衬得青口那肥硕滚圆的一团肉更加鲜嫩。

到傍晚，浅金色阳光透过白色蕾丝窗纱照进来，在地上、墙上、木头桌子上描出一道道金棕色的影子。我们会点一桌子甜品，美丽的拿破仑有草莓、芒果、栗子三种口味，以前我很不耐烦吃拿破仑这种东西，一咬就会到处掉碎屑，据说当时的人们用来比喻拿破仑在当地推行的司法改革的复杂性；大多数酥皮做得不及格。我在他俩的餐厅，第一次发现拿破仑原来这么好吃，一千层薄薄酥皮随着齿尖层层碎裂开，奶油有轻柔的香气，新鲜饱满的草莓点缀其上，梦幻得像一页插画。

他们家连沙拉都格外精神，五彩缤纷一大盘，无花果、红菜头、蘑菇、五六种萝卜，每片叶子都清爽舒展，扬眉吐气。老板娘说：很多人都不知道，沙拉里的蔬菜是会睡觉的，你不能直接抓一把放进盘子里就端上来，先要叫醒它。

2 什么是Fusion

老板张士发清朗干练，比起厨师，更像是个搞科研的。后来我才知道，人家真是地地道道的理工生，本来在加拿大读的是土木工程，迷上做菜后一发不可收拾。

我发现理工科的人半路出家做餐饮，很有自己的一套。“好酒好蔡”蔡昊以前在美国开化工厂，“厨魔”梁经伦曾是噪音工程师，他们不大受约定俗成的拘束，会用外部的眼光来重新打量人们习以为常的事，擅长挖掘本质，总结规律。

张士发所做的这件事，是Fusion。

非常厨房的英文名是Fusion Kitchen，他们原先在香港的餐厅同样也叫Fusion。

Fusion是融合的意思。现在已经有越来越多有想法的主厨能捕捉到融合的精髓了，但早些年融合菜这种讲法特别流行的时候，名声实在太坏，有的地方随随便便加一条芥蓝到牛扒上，或是既卖寿司又售虾饺，就以fusion作为噱头，于是有人开玩笑说，真不知道是fusion，还是confusion。

张士发所做的是打牢根基后，再去学习吸收不同菜系的优点，转化成为自己表达。

我第一次去Fusion吃的是午餐套餐里的一道黑猪扒饭，没想到一块看上去老老实实的猪肉，居然那么好吃，柔嫩多汁，肉味浓郁，香喷喷的。那酱汁调得妙极了，酸甜开胃，一丝香茅的香气，瞬间像是去了泰国的炎夏街头。

他说，有很多东西是世界性的，比方说煮意面，当然要留心意大利人的经验，然而意面里头的大虾怎么烹制，论起来还是粤菜更有技巧，中国人着迷于这些口感的细微差异。有的意大利厨师也会学习中餐的刀章，鱿鱼怎样切才不易韧，是有诀窍的。不同菜系有自己风格，但原理是可以相通融合的。

他师傅就是以融合菜闻名的名厨Susur Lee。张士发原本在加拿大开中餐厅，生意不错，日子过得开开心心，直到认识了名厨

Susur Lee。Susur Lee每年都会受邀到世界各地做客席厨师，有时请他去帮忙，他觉得好玩，就跟着去了。没想到见识得越多，越发感觉到自己的不足。于是他决定放弃自己的餐厅，一门心思跟着Susur Lee学艺。

吓？故事听到这里我忍不住问老板娘：“那你不惊讶吗？”

“怎么不惊讶？”老板娘说，“好好一间店开了八年，他有天回来突然就说不做了，把餐厅送给伙计。不过既然老板决定了，我听他的。”在店里她会称呼他“老板”，下班才是“老公”。

就这样，张士发跟着Susur Lee学艺去了。那几年满世界游走，他发现，原来做厨师需要的不仅仅是技术，还要了解不同地方的文化，才能将菜系之间的围墙打破。

有一年Susur Lee来广州，他们夫妻俩在惠食佳给他接风，我也跟了去，这位国际名厨长发飘飘，像极了武侠小说里的人物。吃完饭我们站在门口半天不见他们师徒俩出来，原来两人好奇地站在半开放厨房旁边，看人家做啫啫煲看得津津有味。

张士发回到香港再开餐厅，依然会去国外农场、酒庄搜寻好东西，但是直接从农场

唯独非常厨房这儿。
像个被遗忘的度假
小镇。

Fusion是融合的意思。
他說。有很多東西是世
界性的。

进货要采购量足够大才行，头疼了很长一段时间后，他一不做二不休，除了一间做主厨菜单的精致餐厅，在同一栋楼里再开另一家氛围轻松的小馆，把自家爱用食材放在店里卖，客人吃得满意还可以把食材买回去自己做，酱汁也给配好。

这间餐厅的一半是个杂货铺，一大排酒柜、冻肉柜、蔬菜冷藏柜，蔬果来自意大利及新西兰，番茄有好多个品种。我最爱的Georges Bruck鹅肝酱，来自阿尔萨斯的小生产商品牌，不是最有名的大品牌，可是极细腻香浓，以前总要装满行李箱从法国背回来，这里也有。贴着墙壁货架摆满意大利陈醋、意大利面、咖啡豆、餐具……还有我最初吃到的那块绝妙黑猪肉，来自美国小型农场Sex Point，也可以买回家。在暖烘烘的肉铺灯光下，老板娘指给我看那一块块Tajima澳洲和牛，M4、M5、M9，最高级是M9+，细细密密乳白色脂肪在红肉上绽放开来真像是大理石纹理，好美啊。

听说开业那天，一向安静内敛的张士发快乐地在货架之间走来走去，老板娘说，这是他心爱的大玩具。

3 哥哥的故事

认识他俩很久以后，我有一次无意中看到香港电视上苏施黄的饮食节目，她讲起当年情人节总会与张国荣及一群好朋友聚在一起到处吃吃喝喝，去得最多的就是一间叫Fusion的餐厅。我去翻寻相关记录，看到哥哥的好友回忆，那个愚人节的中午他们就约在Fusion吃饭，他到店时，哥哥已经戴着口罩坐着那儿了。为什么戴着口罩？噢，那是2003年，正是人心惶惶的“非典”期间。

咦？是同一间Fusion吗？我惊讶地向老板娘求证，她点点头。

我问她为什么认识这么久都不告诉我。她说，呀，也不用特意提起，在心里记得就好。那家铜锣湾的Fusion，是他俩从加拿大回到香港开的第一间餐厅。经历“非典”后，餐饮界大洗牌，好多餐厅都支撑不住关张了。

还好Fusion撑住了。但是没过几年，铜锣湾的铺租渐渐从八万港元涨到了四十万港元，他们只好搬到了上环。然而上环租金也一路疯涨，从当年的三万港元也涨到了现在的四十万港元，两间店单是铺租每个月就要付出去八十万港元，根本没办法做下去。他们萌生了退意，开始留意别的城市，直到在番禺找到了一个好地方，租下了这栋清清静静的白色小楼。这两年居然又遇上戴口罩的非常时期，他俩十分庆幸早在几年前就做出了迁移到内地来的决定。张士发开始搜寻内地的小农场，他这才发现原来内地也有这么多好食材。

有时吃到餐厅打烊，我们顺路一同回家，车子驶过商场写字楼，灯色璀璨，张士发感叹说，我们来的时候番禺完全不是这样的，七年，居然就建起来一座城。

我还记得那一年，第一次走进香港的Fusion，老板娘迎上来招呼：午饭？几位？看到我的摄影师搭档詹畅轩挂在脖子上的相机，以为我们是摄影爱好者，继续关切地问长问短：在上环影相？有无影文武庙啊？

我们一边坐下点菜一边跟她聊了起来。听说我们是从广州来的，她很高兴地说，他们正准备去番禺开店。我说，那太巧了，我就住在番禺。一问地址，更巧，就在我家附近，未来是街坊邻居。

“为什么去番禺呢？”我问她。

她说：“你不觉得番禺很像加拿大吗？”

童颜文星

——香港别来无恙

1 香港情结

呵，总感觉很长时间没去香港了。不知从什么时候开始，香港渐渐淡出了我的视线。这个轰轰烈烈伴随我们成长的地方，说起来只不过是偏安一隅的小小南国城市，怎么曾有那么大的魅力，简直不可思议。回望起来似是隔着一层茫茫的云与雾。

香港现在还好吗？我向好友“童颜文星”打听。

香港媒体一向很会抢眼球，擅长给笔下人物取荒唐而精辟的绰号。那一年，李文星上任没多久就令文华厅取得米其林一星，我在文华厅见到他，金簇簇灯笼吊灯下，高大黝黑的主厨，眉眼有英气，一笑却是张娃娃脸。我说，文星师傅，你好年轻啊！他说，你知道吗？还有人给我取了花名，叫“童颜文星”。带着笑，又得意又羞赧。

那时我在一家饮食杂志做编辑，几乎每个月都会去香港出差，或者说，这一点才是我从事这份工作最盼望的事，至少是其中之一吧。拌着老香港的故事下饭长大，我对这个地方是有情结的，就像是直接走进电影里，一个镜子套镜子的玻璃之城，去多少次都觉得新鲜且陌生，亲切又熟悉。而且，香港怎么有那么多的餐厅啊，掩藏在高楼大厦、横街窄巷、山坳与离岛之中，就像密密缝进布缎里的刺绣，沿着针脚往外翻，怎么翻也翻不完。

我记得，坐在长长的金色流苏铜管下，一勺一勺挖鱼子酱海胆龙虾果冻，温香软玉抱满怀；来回坐一个多小时地铁去工业大厦附近的烧腊铺，吃皮色金红略带焦边香喷喷的叉烧；名厨本人的画像就挂在旁边，他一片片大手笔在我的盘子里刨下白松露；大富翁家厨技艺出神入化，那是我吃过最好吃的脆皮乳鸽；澳大利亚小伙能做一手地道泰国伊善菜，长案边一件件精致得像珠宝的寿司，炎夏吊扇下盛着印度咖喱的碗飞来飞去，还有街市里香滑的热奶茶……

2 酒店美学

我最初的酒店美学教育或者说震撼，也来自香港。坐两个小时的火车抵达红磡（每次一定要吃直通车鸡腿），半岛酒店的礼宾已经站在出口等待，全套西服戴着礼帽与白色手套，站得笔直，人来人往之中极其扎眼，让我瞬间以为刚刚乘坐的是阿加莎·克里斯蒂笔下的传奇东方快车。加长版劳斯莱斯幻影，车身是定制的墨幽幽半岛绿，每次只恨火车站到酒店距离实在太短。半岛酒店旁边还有间低调的精品酒店1881公馆（当时叫Hullett House)，改造自香港前水警总部，是文物古迹，夜里庭院回廊挂着大红灯笼。仅有十间客房却有五家餐厅①，每个房间都是一幕戏剧，有的放了比真人还大的当代艺术雕塑，有的正中一张有华丽顶盖的龙床，有的整面墙是巨幅清朝画像——典型的，"英国人老远的来看看中国，不能不给点中国给他们瞧瞧"，张爱玲在很多年前就这样

① 后因酒店易手，情形有所不同，此处仅描述我到访的 2013 年。

写香港。每个房间配备硕大惊人的阳台，那时快到圣诞，夜风里楼下尽是灯饰，广东道人头涌动，我站在阳台上特别想朝人群挥手，又疑心街上的人其实看不见我，仿佛身处平行时空，这么近，那么远。

海的对岸就是中环。受TVB电视剧影响，小时候我想象自己以后要在中环写字楼上班，拿着一沓文件走来走去，忙着给不同项目签字，具体干什么不管，反正足够光鲜理想。中环一条街上居然有两家文华东方酒店，置地广场那家我特别喜欢，房型设计绝佳，有一次意外住进整个酒店只此一间的超豪华套房，一晚上不舍得睡，拉着闺蜜聊通宵。步行几分钟穿过窄窄的雪厂街，另一端就是老文华东方，香港传奇里的重要故事发生地，梁文道说这家酒店是“这座城市的标记、繁华年代的记忆”。

文华厅就是老文华东方的中餐厅。

3 中环风云

文星当时是文华厅的主厨。拿手的一道桂花梨黑醋脆猪柳获过许多奖，我记得清楚，像一张写意的小画，金红色脆猪柳，橙红色桂花梨，垒在白瓷盘子上，添一朵小荷叶，三两下子就描绘出鱼戏莲叶间的意味来，灵动极了。其实是咕噜肉的巧妙变奏，将糖醋酱汁改换成镇江醋加意大利黑醋、红曲米与蜜糖，调味平衡利落，外层酥酥脆，松松爽爽，一口一粒，吃得停不下来。家常菜姜糖酒炒芥蓝，在这里，是十根青绿嫩段整整齐齐排在白瓷盘子上——去头去尾只保留最嫩的中间段，挑剔得十斤菜摘完后只得三四斤，怎么可能不鲜甜?

文华厅并不很大，像是博物馆里的某一个主题展厅。窗外看到维多利亚港，顶上吊着金簇簇灯笼，雕花古董屏风是利孝和夫人（这个名字的亲切感来自TVB台庆）送的，从开业摆到现在，气质端凝，而艳绯红的地毯与桌布，隐隐透露出这里是有电影美学色彩的中国。

这里是中环之中的中环。

我曾经沉湎于这一个香港所提供的远超我人生经验的浮华里。有次给旅游杂志写关于香港富豪饭堂的文章，查资料看到一个说法：有人说倘若给香港近代史划出一个“分水岭”，那么或许应该是1974年，在此之后，香港逐渐发展为以金融及旅游业为主的

7
ELEVEN
Grove
TAXI
請勿靠近車門
MIND THE DOORS
上
IN
ONLY

到底有多少个香港。我所見到的香港是一層層一疊疊在一起的。就像電影電視小説里的香港那樣。豪門愛恨情仇傳奇風雲变幻。都市精英复雜微妙隱秘的情感情緒。怒火街頭江湖義氣黑白争斗。升斗市民逼仄窘迫瑣碎的市井日常。可以几乎同時在這一個并不算大的地盤發生。

国际大都会。这一年发生了许多日后影响深远的事，中文成为法定语文，香港有了廉政公署，消费者委员会成立。

不仅如此，我发现，这一年，香港文华酒店收购了泰国的东方酒店，成了日后的文华东方酒店，“粤菜的黄埔军校”利苑酒家开业，杨贯一的富临饭店开业，陆羽茶室已经在永吉街度过四十一个寒暑，即将搬到士丹利街现址，已经做了二十多年到会的福临门成为餐厅门店踏入第三年，名人坊的主厨郑锦富刚刚来到香港，镛记三楼的龙凤大礼堂竣工，创始人甘穗辉退休交棒，林语堂为镛记题词“天下第一”。香港餐饮行业在此时开始形成一幅新的版图。

名人坊也是中环名店，有几年是米其林二星。文星带我到这里来拜会名厨郑锦富。富哥曾是大富翁林百欣的私厨，来这里的熟客也大多住在半山，我没想到却是这样一爿看上去简单低调的小馆子。一动筷子不得了，惊为天人。那天我其实很蒙，晚饭先在别处吃了居酒屋跟清汤腩，已经很饱了，跟文星约消夜，他却把我们带去了名人坊，富哥还老老实实开出一张完整的晚餐菜单，我现在都历历在目：杏汁白肺汤、燕窝酿凤翼、脆皮妙龄鸽、豉椒炒肚尖、陈皮家乡蒸龙趸，还有满满一碗粒粒分明的招牌炒饭，甜品一盅杏仁茶。真是教科书级别的粤菜技艺示范。我贪婪地把每道菜都吃得干干净净，这辈子从来没这么饱过。后来又光顾过几次，对富哥的手艺依然叹为观止。

言谈间听他们聊起，我才知道，这附近方圆500米竟有超过十间获得米其林星的高级粤菜餐厅——“好酒好蔡”后来也加入了这个激烈的战区，同样位于中环的中心，由林建岳幕后投资，邓永锵爵士设计。

同样位于中环的陆羽茶室，曾是一个传奇，这里有过许多风雅故事与恩怨情仇，发生过枪击案，也失窃过古董名画。梁文道说他每次带外地朋友去陆羽茶室，都会重复一个故事：“当年英国女王访港，也想去陆羽来一趟正宗的广式饮茶。可是陆羽却说位子早都订满了，没空招呼女王她老人家。其实陆羽根本没什么订位不订位的问题，它的位子全都留给熟客，有时候明明看到它有剩余的桌子，他们却偏说满了满了，把你打发出去。”

茶室当年开先河聘请印度人看守大门，是因为江太史之子、著名编剧南海十三郎后期变得疯癫，时常闯入茶室找寻名伶薛觉先，为免影响其他茶客，只好请来专人把守——连堵在门外的都是名士。我好几次来都碰见年迈的美食家唯灵，用盖碗细细致致喝寿眉，吃一两件点心，看报纸，走的时候颤颤巍巍站起来，小费挨个给过去，一个都不会漏。

其实陆羽茶室留给我的回忆也是温暖的。我跟中环蛇王芬的吴翠宝与她妈妈一起去陆羽喝茶，她妈妈每天早上都会来这儿吃早餐，年纪大了后，吃得越来越少，喝普洱，一两样点心，爱喝鹧鸪粥，跟老伙计安叔他们闲聊。一吃就吃了五六十年。

福临门稍远一点，港岛这家在湾仔，我到访的时候，他们家比电视剧还精彩的“溏心风暴”已经尘埃落定，但依然常常出现在报纸杂志娱乐版，走到门口就能看见街对面徘徊着狗仔队。村上龙《孤独的美食家》的第十九个故事也写到了福临门：主人公“我”在香港得到一笔横财，三天内要用掉，他选择连续三天都去福临门吃白灼响螺片。我最记得的是一盘蟹肉炒桂花翅，炒得漂亮极了，蛋黄够松，芽菜爽口，而翅身又要保持软滑，要做到这样分明的层次，很考功夫。富豪也并非每天都吃鲍参翅肚。家常菜式也做得用心，瑶柱荷叶饭是滚烫的，荷香随热烟逸出，饭粒又香又软。难怪刘銮雄那些年每周几乎有三四天在这儿吃饭。

文星后来去了一间时髦中餐厅卅二公馆担任行政总厨，还是在中环。这餐厅刚开业就是城中话题，我们那时去拍摄餐厅的设计，摄影师赞叹说，“这里简直有一百个细节”。从渣打银行大厦走下地库，一环一环幽暗阶梯，缭绕几圈从此时此地走到另一个时空去。混凝土墙面上画着黄柳霜，黑亮厚重额发齐刷刷垂到眉心上，抿着唇，中国娃娃的脸上一双影沉沉的俏丽眼睛向上飞扬。坐下来先喝一杯鸡尾酒，随便张望，至少六种形状的椅子。像是有个贪心的主人，游遍全球，搜集各种好看物事统统带回家，东方与西方，古旧与现代，满坑满谷，相处融洽。这间餐厅的分店已经开到了加拿大、韩国、美国、越南、新加坡，接下来即将开迪拜店、意大利店，还有澳大利亚、英国……

4 人间烟火

我一直以为文星是少年得志，便也不像称呼其他大佬那样哥前哥后，从来都是张口就唤“文星，文星”。后来听他讲从业经历：1981年入行，1998年做主厨，辗转去过油麻地、沙田的多间酒楼，进入大集团做美心翠园，又去海逸轩做了六年，2009年加入马会，掌管会所那间不对外开放的高级中餐厅幸运阁，2011年到文华厅。我掰着手指一算：哗，那你岂不是……他笑道：是呀，我不年轻的了。

但他有时简直像个毛头小伙子。有一次我们说好了吃晚饭，下午我先跟另一个朋友碰面，正在喝咖啡，文星忽然带着太太兴冲冲杀过来，他说陪太太逛街，正好在附近，不逛了，直接来会合吧。太太也是娃娃脸，一脸无奈。

他以前在文华厅的时候曾经与餐饮总监商议请名厨来做交流推广，他想请大董，可是都不认识，怎么办呢？辗转找到一个负责人的联系电话，讲来讲去，他俩普通话都太蹩脚，人家说听不懂。于是他俩干脆买机票飞到北京，坐在大董面前，说服了他。这个合作大获成功，轰动全港，每天预订爆满，一连就做了三年。

文星与我，是因为业务上的采访而认识，但较近事实的，应该算是“饭友”。每次见面，他都会问我，最近吃到了什么好餐馆，有什么特别的菜，给他讲讲。他也一点不藏私，恨不得把自己喜欢的菜品统统放到我的碗里来。

我们见面大部分的场合都是在吃夜宵，佐敦的顺德公、铜锣湾的鹅颈桥街市、北角的东宝小厨。有间餐厅他好喜欢，说是在海边，在山间，在一栋有过百年历史的老别墅里。听上去好神秘，可是好远啊，在屯门，从中环过去有个把小时车程，讲了几个月我都不想动，终于有一天他休息带我们去。那天天气很好，在双层巴士二层看到湛蓝色的天空，像是秋游。文星在车站等我们，他已经在附近的海鲜市场买好了九虾、金边方利带去请餐厅加工，还有精美绝伦的叉烧与点心。

文星坚持要我去试试添好运。那时候添好运风头正劲，带起一股点心专门店潮流，CNN网站还把创始人麦桂培选为“25位亚洲最有影响力人物”之一。但我很懒，既不想去深水埗，也不想排长队。于是文星找了个假期亲自带我们登门拜访培哥。

培哥有问必答。我问他为什么现在有的酒店餐厅肠粉能开出天价来，他说：“因为客人吃一碟肠粉基本就饱了，不卖贵些怎么行？而且肠粉档占地方，影响厨房运作。”再问，添好运顾客这么多，怎么可能做得到即点即做？他说：“其实不难，比方说招牌酥皮叉烧包要焗十分钟，预算十分钟内有八个order，每盘做八个，一做完就接着再做八个；客人一入座，酥皮叉烧包就可上桌，其实是刚出炉的。几乎每桌必点，一直不停地做，不用担心放凉，客人多反倒更好。”

我那时候其实很怕采访老资历中厨，因为有的老师傅说话云里雾里推来搪去，我也不知道他是总结不出来呢，还是藏着掖着并不想或不屑跟我讲清楚。跟文星关系不错，其中一个重要原因就是他的坦诚直接。那天见到培哥，我就懂了，人跟人之间能凑到一块儿实在是有道理的。培哥也是这样爽快、清晰、专业、实在。文星身边相熟的大厨大多有这样的特质，有次我们一同去黄景辉师傅主理的餐厅吃饭，文星赞一道菜做得好，辉师傅马上说：菜谱我发给你。

而培哥跟名人坊富哥也是好友，我有两次在中环街头碰见他俩搭着肩膀闲聊。富哥是瘦瘦的小个子，不出声时甚至显得有点呆，就像他的菜看上去也是简单家常的样子，但只要吃过立即就会为之折服。我没见过这样朴实耿直的人。林百欣去世后，富哥原本打算退休回内地，“我在清远有火龙果园，下次请你吃啊”。拗不过人家邀请，开了名人坊，这样一间米其林二星餐厅，他还是每天自己去街市买菜。

我又想起福临门的Janet，文星早年间就认识她，那时她在香港旅游发展局做公关，常常打交道，有一年她还组织名厨一起去波尔多，文星对她的印象是一个勤奋亲切的女孩子，人很好，“喜欢买酒给大家喝”，直到她离职才知道原来是福临门的“太子女”。后来我见到Janet，我很好奇她家里拥有一间这样的餐厅，想吃什么都可以，她最爱吃什么呢？她说是煎饺，她讲起旅游时寒夜里在日本街头见到卖煎饺的摊子，眼睛闪闪发亮。

还有国福楼的主厨良哥，他有一次邀我去看拳赛，我才知道他做厨师前是一位职业拳手，哗，好有型，入行三十多年了，厨师服掩盖不住依然强劲结实的肌肉线条。

5 香港别来无恙

这篇文章我本来是要写“童颜文星”的，一点一点去回想香港旧事，牵扯出一串儿人物来。香港卧虎藏龙，我曾试图从这些富豪饭堂窥探流金传奇的一角，最后记住的却是一些烟火人情故事。

最近听香港诗人廖伟棠用粤语读诗，他读了一首自己的诗《大角咀，寻春田花花幼稚园不遇》。春田花花幼稚园，显然就是麦兜的那一个。廖伟棠说自己是个麦兜迷，有一天决定按照漫画里的地址去寻找这个幼稚园，当然地址是虚构的，但当他真的到那里走了一圈，虽然没有找到这个幼稚园，“但是却找到了香港”。

他说，麦兜里的香港……更接地气，更为守望相助，“和大家认为的唯利是图、力争上游的中环价值不同，麦兜系列电影永远凝聚着一种‘春田花花幼稚园价值’：朴素、务实、随遇而安，还有点‘憨’。”他说这是另一个香港，纸扎店、唱红梅记，烧鹅、灵魂，旧唐楼的窗像翅膀在风中有扑翼声。他始终找不到的春田花花幼稚园，可能在过路的猫眼里、狗爪里，在潜过茫茫沧海的一条白饭鱼的怀里。步步花花，亩亩春田，这些似乎不存在繁华香港的事物。它不是另一个，而就是这一个好好的老香港。

到底有多少个香港？我所见到的香港是一层层一沓沓覆在一起的，就像电影、电视剧、小说里的香港那样，豪门恩怨、爱恨情仇、风云变幻，都市精英复杂微妙隐秘的情绪情感，怒火街头江湖义气黑白争斗，升斗市民逼仄窘迫琐碎的市井日常，可以几乎同时在这一个并不算大的地盘发生。丁蟹的香港，程至美的香港，小马哥的香港，志明与春娇的香港，陈浩南和山鸡的香港，钱玛莉的香港，编号663的香港，喜宝与勖存姿的香港，陈永仁和刘建明的香港，周星星的香港，高进的香港，黎小军的香港，桃姐的香港，阿金的香港，居然是同一个香港，各有各的底色，各有各的喧嚣，叽里呱啦，鲜辣浓烈，打成一片。

我还体验过“天水围的日与夜”。那时我还是个穷学生，住在热情的香港同学家，天水围的狭小公屋，跟她和她弟弟（忘了几个弟弟妹妹）挤在一个窄窄的房间，上下铺架子床还能像抽屉一样再抽出一张床来，没有阳台，厨房也挂了衣服，拉开冰箱物资丰富，总有一整排进口汽水饮料。早上转几趟地铁小巴进市区，逛街、看博物馆、在HMV买唱片，坐天星小轮，一个人吃茶餐厅。

香港现在还好吗？我打电话给文星，小心翼翼问出这个问题。（廖伟棠那首诗的第一句也巧合地向香港发问："别来无恙吗？"）据开饭喇（OpenRice）统计，2020年香港超过2000间餐厅结业。置地文华东方成为隔离酒店，看到新闻写香港最贵的隔离客房高达五六万元一晚，马上联想到，就是当年我惊鸿一瞥的那个套房。我开始想象一个伶仃的孤岛。

文星说："没有没有，现在本地客人反倒更多了呢，大家也愿意把钱花在吃喝上。"接着他又说："放心，我见过这种场面。2003年去海逸酒店上班第一天，就碰到了SARS，所有预订都取消，真的，完全清零。后来不还是这样过来了。"

说着说着，他还想起刚入行时的那个厨房，地面湿漉漉的，他每天就踩着一双木屐踢踢踏踏。小时候不爱读书，跑去茶餐厅送外卖，厨师见他伶俐便说，来学厨吧。那家茶餐厅就在兰桂坊附近，说着他自己也笑了：“看来我跟中环是有点缘分”。那年他才14岁，真正的“童颜”。

饮家

——专业喝酒的人

1 吃鸽子头的男生

我写过一篇《吃鸽子头的男生》，但从未发布，因为当事人看了文章忸怩地说“不好吧”，这篇稿子就一直默默躺在草稿箱。四年后，当时所谓的秘密早已公开，我也将此文释放出来。

男生在我旁边慢慢地嚼乳鸽的头。一桌子人，点了一大盘红烧乳鸽，盘子里剩下四五个鸽子头，在转盘上转来转去。他开始一个一个夹过来，仔仔细细地吃。

那盘乳鸽皮很脆，肉汁也算丰富，我吃了一条腿，因为腿上的肉最厚，很容易咬，顶多捏着脚踝，用筷子就能撕扯出大块的肉，毕竟在场人多，吃相也不好太难看。

但他夹着鸽子头吃得很自在，就像我

们一桌子人已经消失了似的。上菜的时候他就第一个动筷子，夹了一条腿。“但头才是最好吃的”，他说。我想也是，皮最薄的地方，骨头也细致。他把鸽子头咬开两半，吮了骨髓，把骨头也嚼嚼干净。

他喜欢吃这种细伶伶的骨头，我第一次见到他就是在一间麻辣田鸡火锅店；几年后很熟了，约吃饭，他还是选在麻辣田鸡火锅店。

我们常常会在饭局碰到，其他人热闹喧天，他很少说话，偶尔吐个槽，往往声音不大，一句简短的话，要是刚好坐在他旁边听到了，会扑哧笑出来。现在他名气已经颇大，大家都期待他能发表什么见解，但他还是很少说什么，只顾着吃饭，好像很饿了似的。

有一次我们一起去某个总领事家宴。其实只有一道家常菜，橙红色软融融一片，他那晚简直饿极了，来来回回至少添了五次。

“你怎么这么能吃？”我问他。

“嗯。”他总是只低低应一声，听不出来赞成还是反对。

在另一个晚宴，第二道菜是一盘子如水族馆一样的海鲜，他迅速吃完，盘子刚刚撤走，对面的女人问他：“你要不要吃我这份？我吃素。”

他愣了一下，说：“好啊。”然后接过，又吃了起来。

我笑他饭量大，他低头吃虾，低沉地“唔”了一声。

再上第三道菜，我们吃牛肉，他苦笑着说吃不下了。

他喝酒跟吃饭的时候很不一样，别人嘻嘻闹闹一杯接一杯，他总是在琢磨自己的那杯酒，闻一闻，喝一喝，想一想，抿着嘴，好像在思考哥德巴赫猜想。就像某些电影里人来人往快镜匆匆身影掠过，主角站在这些影影绰绰之间，动作极缓极缓，简直停了下来。

他是个认真的理论派，稳稳的。这种男生讨人喜欢，圈子里男生女生都爱逗他，半真半假说喜欢他。他只是淡淡地笑笑。

都在猜测他的感情生活。那么神秘。问来问去，他也不说。

其实我是知道的。机缘巧合下发现一些端倪，我又八卦爱推理，苦问不舍，终于知道了一些故事。不过大概他一开始也没打算严密瞒我。

他私人生活的故事，与他所呈现出来的公众状态，就像是两部驳错胶片的电影，或是不小心按错换了台——咦，还是刚刚那个片子吗？两个片子又都很好看，只是就像两个独立存在的故事，竟然这么完美地结合在一起。

公众视野里的他，专业、温和而冷淡，仿佛是一个纸面上的人。他的私人故事里，有温暖的黄色小灯，有一张可以围坐的小桌子。我每每想到都要会意一笑。

因为我看过他吃饭的样子，我知道，这样的故事，是有可能发生在同一个人身上的。

他终于把碗里的几个鸽子头吃完了，忽然说："我有事要先走。"很温和，却一点犹疑也没有，满桌子人还没回过神来，他就站起身，走了。

每次都是这样。

以上就是这篇文章。

2 专业饮家

写完以后我让共同朋友猜这是谁，她一看就知道：黄山嘛。难怪即使没写名字，黄山依然不肯让我发表。

国内有两个写酒的黄山，南黄山北黄山，男黄山女黄山。女的那个是冯唐的老婆，男的这个是我跟麻鹰的好朋友。

毒辣與浪漫
風の森
ALPHA

我意外的是。他一向那麼學術派。也會以小說家筆法寫下「橡木桶的告白」。站在木條的角度掏心掏肺。

我跟黄山认识很多年了，那时我们在不同的杂志做编辑，各自负责的版面都有美酒美食部分，本来大多是自己采访写稿，后来他渐渐把美食版面都移出来约了外稿，有一些是找我写的，所以我们当时最大的交情大概是像张爱玲跟苏青那样，他敷衍我，为了拉稿子；我敷衍他，为了要稿费。反正他这个人，一向是淡淡的。我结婚后，麻鹰见到他格外热情欢快，“师兄”前“师兄”后，居然迅速熟络起来。

原来他早就有了规划，把心思放在酒上。后来传统媒体式微，他早已经开始做自己的公众号，专心写酒知识。那个公众号原本叫“饮家”，后来改成“饮识分子”，简介是这样的：从饮酒者（非商家）的角度介绍各种与酒相关的新闻和知识，普及酒文化，提供一切饮家最需要的资讯。

简直官方得有点沉闷，还有什么个人号用这种口吻啊？但这是黄山的风格。较真、专业、严谨，他是典型的知乎用户，事实上也是知乎酒类问答最活跃的身影。

我以前跟他一起做过一个芒种清酒局。我想大多数人对清酒都没有什么了解，可是清酒的酒标与名字多美啊，不如从这一点入手来谈谈，容易亲近。我还特意写了一个充满诗意的活动预告，自己得意洋洋。

活动那天，我问他：预告做得好不好？美不美？

他说：唔，图片很美，文字一般，不够专业。

我生气，也拿他没办法。一直都知道，他脑子里就想着专业。我刚开始写公众号文章的时候请教他：你公众号做得这么好，有什么建议给我吗？

他想了想说：嗯，你可以找一个相对小众的酒类研究，比如说朗姆酒。

当时专业研究朗姆酒的人还不多（现在也不多），我认真地思考了一下他的提议，但是我了解自己，肯定沉不下心去钻研一种酒，世上诱惑太多。我们称道匠人精神，可是大都耐不住寂寞。

过了几年，又聊起这个话题，我说：不好意思，上次没听你的，你还有什么建议给我吗？

他又认真想了想说：现在朗姆酒已经有人在写了，不过你可以找一个相对小众的葡萄酒产区研究，美国有的产区还挺有意思的。

我依然没有照做。不知道他还会不会给

我第三次职业建议。

3 王尔德的毒辣与浪漫

这样子看来，黄山似乎是个古板、严肃、沉闷的人。其实不然，我倒觉得他挺有趣的。他写的是专业酒知识，却总能找到令人莞尔的切入点：《美人鱼》里100万元的酒不值这个价，《绿皮书》《流浪地球》《邪不压正》《我的前半生》，热门电影电视，里面喝了什么酒，出现什么谬误，他即刻就会发现；……敏锐的触觉让人惊讶，不愧是做过记者的人。

说到底，他最爱的还是清酒，他几次待在日本，白天去酒厂体验酿酒工序，晚上到清酒吧继续喝。文章从日本天皇即位庆典与G20峰会晚宴酒单，写到酒客迷思，譬如：食用米酿的清酒是否真的不如酒米酿的？凭精米步合是否能判断清酒的品质？勾兑了酒精的酒就不好吗？介绍每个季节限定的清酒、不杀菌的生酒、清酒前身的浊酒、可以长期陈年的古酒……喝得也多，每次跟他吃饭，不管是应酬饭局、大排档消夜还是在我们家，他总能从背包里抽出两瓶清酒来。

他还在公众号卖酒，“以贩养喝”，酒款丰富，有几个月能几乎每天推荐一瓶酒。大部分是清酒，以及一些好玩好喝的酒，还有他自己去到苏格兰高地选桶订制的单一麦芽威士忌。

我意外的是，他一向那么学术派，也会以小说家笔法写下《橡木桶的告白》，站在木条的角度掏心掏肺，出现怎样的际遇，得到怎样的锻炼，木条之间相互鄙视又彼此挂念，分道扬镳也会山水有相逢，那么细腻、鲜活、动人。他揣摩那个出身高贵的西班牙雪莉桶的心情，这样写道：“当酒液全部离开我的身体，我难免感到失落和空虚。”

有一次闲聊我说自己情绪起伏非常大，糟糕的时候几乎每天都会哭，可是马上又能笑，完全失控。

他听了以后很惊讶，说：那你应该去当作家啊。

我说：我是作家啊。

他说：噢，那你的才华还配不上你的情绪。

难怪有几年大家喜欢拿他的感情生活开玩笑，他有一种王尔德式的浪漫与毒辣。

另一方面也是因为他私人生活实在神

秘。那个终于成为他太太的神秘女友，当时是他的同事，后来是工作拍档，他俩一直出双入对，参加活动、办酒局，还一起来过我家吃饭，因为态度实在爽朗，大家反倒不疑心到那上面去。唯独一次，他探出头来向我感叹了一句，说：“羡慕你跟麻鹰那么顺利。”他的感情遭到家里反对，阻力很大。那是七年前。这一说，勾起我的八卦心，然而再一追问，他就匿去了。

现在他们已经生了孩子。我们从前开玩笑说黄山长得像黄轩，他抱着宝宝，颇不要脸地说：“你看，小黄轩。”

黄山一直很清楚自己要什么，满桌子客套矜持，他自顾自吃他心爱的鸽子头。现在他依然会在饭局热闹的时候提前告辞，不过终于有了个理由：回家带孩子。

我看他那呆呆的，实在不像能带孩子，不过冲调奶粉的手势还是挺娴熟专业，就像捏着酒杯准备品评，大家都忍不住问：“你确定给孩子喝的是奶粉不是清酒？”

食家

——食不厌精脍不厌细

1 飞哥的菜谱

“鲍汁飞”这个外号的由来，据说是因为他做菜的时候爱用鲍汁，上香港美食节目做嘉宾，嘴巴出了名厉害的主持人苏施黄脱口而出就给他安上了，又响亮又好记，从此成为行走江湖的大名，与他本人紧密相连，甩都甩不开，即使后来在各种场合他有意略去了这两个字。

很少人知道，飞哥本名是何伟生，“飞”来自英文名Philip，说起来，鲍汁其实他用得也不算多啊，四十三道拿手菜里有十道，不及四分之一，我特意翻开飞哥十年前的菜谱数了数。那本书是在香港出版的，活页笔记本样式，方便带进厨房边看边做，中英印尼三语对照，算是香港菜谱特点，照顾到厨房里的“迷你联合国”。

他的菜谱细致，教做菜，还一处一处叮咛如何选材。独子蒜比常用的白蒜要来得香，最好是广东开平的金山火蒜，“用稻草烘焙过，外皮呈深紫色而薄脆，耐于储藏而香味浓郁，炆煮后味道脍甜细滑”。虽然云南独子蒜外形相似，味道稍逊。桂花炒肚丝，要的是清爽，所以“一定要用沙尖肚而非常见的鳝肚”。道理也给你讲清楚，“鳝肚虽然更加名贵，但浸发后是软身的，更适合做汤羹而非炒菜。而沙尖肚浸发后有点像浮皮（猪皮），但更爽口，价钱却比鳝肚便宜不少”。这还不止，沙尖肚分为油发和沙发两种，“沙发肚手感干身，浸发后比油发肚稍为软滑，炆煮时鸡汤要稍少一点，以保持爽口”。处理时也需注意，发肚氽水时不能过久，会缩水。写给懂行的人看，要不是常常出入街市的人大概看得一头雾水。

飞哥在家附近的菜市场买菜，一摊一摊走过去，跟摊主打招呼，都是老熟人，逢年过节他还要送礼，为了拿到更好的食材。不过，飞哥不是厨师，也没开餐厅，纯粹是因为自己爱吃。现在爱吃的人很多，我们都爱吃，真正懂的，不多。

2 飞哥的较真

美食摄影师张张无忌说他就爱跟飞哥一起吃夜宵，炭火羊腩煲要煲一小时才够绵软入味，以前除了老婆以外，没人有这个耐心陪他等；自从飞哥出现，情况改变了。喝着小酒聊着天，一小时过得很快。以飞哥的气场，满桌的朋友都会被镇住。没他的指令，谁也不会第一个起筷。

飞哥的气场我是领教过的。有几年因为工作我常需要跟他打交道，我也常被他批评。准备工夫做得不足，骂；偷懒开小差，骂；拿筷子的姿势不对，骂；一边嚼东西一边张嘴讲话，骂；文章写得不准确，骂；文章不敢有自己观点，更要骂。其实也不是真骂，飞哥只是收起一向和蔼的脸色，认真严肃地指出问题所在，有时是悄悄提点。社交场合碰碰杯，他其实可以假装看不到客气敷衍过去，但是飞哥的字典是没有敷衍两个字的。有几次我们在餐厅吃饭，他遇到不妥当的做法，吃到不对劲的菜，也会当面跟厨师、餐厅老板一五一十指出来，就是这么较真。

难怪顺德菜那么合他胃口，一样的“嘴

不一会儿。肥大的烧鹅躺在砧板上。手起刀落。刀刀碰到皮。肉。骨头。嗦嗦嗦嗦。吱吱吱。脆脆。一节节利落断开。比那金红油亮皮色还诱人。

難怪順德菜那麼合他胃口。一樣的「嘴尖口刀」。

尖口刁”。飞哥常常带我们去顺德吃饭，有酒楼、大排档、私房菜、田野农庄、路边小店，还有机关单位的食堂。以前做杂志选题连吃一个星期，每天六顿不重样，还没吃完。

顺德人在饮食方面的计较、精细、认真、勤快，真是让人惊叹。在顺德，我见识到有人把牛奶炒成雪白的小山形，用筷子可以夹起来；有人把鲮鱼肉挖出来剁碎加料再塞回鱼皮里面去，俨然一条完整的鱼；有人用清水打火锅，吃肉要细分出猪牙肉、板底筋、猪脸肉、牛脷坑这些细致入微得匪夷所思的部位来；有人将白鳝骨头抽出来，用火腿段移花接木，再摆成盘龙形状用网油包起来；有人蒸鱼，只用油盐，不要姜葱不要酱油，鱼脊骨还有百分之一或二未熟，才算恰好；有人对煲仔饭饭焦的厚度都有限制。有人说，鱼皮角要刮鲮鱼的白肉做皮儿，用竹刀刮，才不会有铁味；做均安鱼饼，冬天和夏天放的盐也是不同的。别的地方整只水鱼炖煮，顺德的“财主佬”嘴刁了，要吃炒水鱼片，那么一丁点肉起片就是细活儿，得先看清楚骨架怎么长的，还要分前后爪，前爪才细滑，因为在爬行时用劲小，肉质纤维没那么粗，在关节位置下刀，铲开，才刮得干净，而且炒得不好就韧，极考验刀工火工。

有的店，二十多年只做那十来道招牌菜，炉火纯青，手到擒来，然而老板出了名的脾气臭，客人不能问菜牌上没有的菜，一言不合就不做你生意。飞哥跟他倒是合得来，因为他懂得那棋子般小小一块的野鸡卷接近传统味道。

我们在农庄吃蒸沙白，一大盆端上来，直接用手拈起贝壳，吮吸一口汤汁，柔软鲜甜。三斤四斤五斤，一会儿就吃完了，忘乎所以。飞哥说，这青椒圈放得好，以辣顶甜。听他一说，欸，确实是那么回事儿，很微妙。

顺德鱼生讲究品相，鱼片要晶莹通透，杀鱼放血是技术活。传统手法是在鱼下颌处和尾部各切割一刀后放回清水中游动放血——这情景必定十分凄艳。血放得干净，鱼生卖相佳，吃起来也不会有血腥气。待鱼血放净后，再去骨剔筋只取白肉，手起刀落之间鱼片散落，细薄透明，正是杜甫所说的“无声细下飞碎雪”。杀鱼起片，各家施其法。我们吃鱼生时，少东家说，传统做法时间长，往往下午两三点就要准备晚市的鱼生；有时把鱼杀了，才知道这条鱼根本做不了鱼生，十条里面总有一条会浪费。后来他们家改变做法，不仅缩短了准备时间，卖相更佳，更妙的是，一两百条鱼中仅有一条会浪费。这样不是很好么？少东家悄悄说，其实他自己觉得风味比昔日稍微欠缺了一点，好在大部分食客没有意见，依然吃得欢快，只有五位行家尝出了差异，其中一位就是飞哥。

挑剔人碰上讲究人，懂行的人惺惺相惜。顺德人说做好顺德菜难在调味的品位，一个厨师如果不是从小在顺德长大的话，他的味感和风格会有不同。飞哥不是顺德人，可是因为他的精细，真正能懂得顺德菜的好。

他提醒我时时要留心，看、听、闻、尝、想、记。我们在大头华的烧鹅店，一群人嘻嘻哈哈坐在角落等上菜，飞哥戳我：听，斩烧鹅的声音！那只肥大烧鹅躺在砧板上，手起刀落，刀刃碰到皮、肉、骨头，嗦嗦嗦嗦，吱吱吱，廓廓，一节节利落断开，比那金红油亮皮色还诱人。

大头华烧鹅现在大大地出名了，却并不是很多人知道，他还传承了师父的古法菜，不过太忙了，一年做不了几次。但是因为飞哥懂，大头华就特意到厨房里去给我们做古法烩长鱼。长鱼就是黄鳝，滑滑溜溜，揪住逐条拆骨。去骨有技巧，先将长鱼放进热水里烫一下，熄火浸熟，再过冷河，鳝身就变得绵软又有弹性，再用小夹子一划一抽，脊背与肚皮就分开了。长鱼要浸得生熟适中，熟过头了还是容易拆烂。配料极多，云耳、冬菇、韭菜花、灯笼椒、丝瓜、芫荽、青红椒、洋葱、榄仁等，一样一样洗净，切段，分开来略略炒一下。还要炸粉仔，将粉丝剪短炸成松脆恰好的粉仔，拌进去长鱼段里一起吃。这些啰啰嗦嗦的配料都让口感有不同的微妙层次，鲜味还是靠鳝骨熬的浓汤，最后来烩，原汁原味。数一数，一道菜至少包含了泡、浸、炸、煲、炒、煨、烩等多种技法。

大头华的太太云姐也炒了一碟大豆芽菜炒肉松。我诧异私房菜居然做芽菜，飞哥拍手叫好，他说大豆芽菜最容易出水，炒得不好会变成一碟豆芽菜汤又或是有豆腥气，绝大多数人都做不好这道菜，他自己也不敢随意尝试。顺德人粗料精做，家常菜见功夫。

3 美食桃花源

我第一次见到飞哥是十年前，他带队吃的松记火锅，店子开在芳村鹤洞桥脚拐弯抹角的隐蔽地方。一览无余的清水锅底，食材一共十来款，除了鸡肉、鸡子、猪肝、鱼滑、肉滑、鲫鱼、水蛇片，还有竹肠、猪牙肉、板底筋、猪脸肉、牛脷坑。有些部位我听都没听说过，也根本不敢想象——猪牙肉？一头猪几百斤大约只能够剔出一两来；牛脷坑是牛的舌根底部与喉咙相连的部位，有嚼劲又柔软，越咀嚼滋味越丰富；板底筋是猪脊背靠近脊柳的肉，特别爽口，但只有四五百斤的老公猪才会有；一条牛舌头大概两斤，从舌尖到舌根，外观和口感都有很大差异，一般最好吃的部分是三两左右；竹肠是猪肚出口的一小段猪肠，一定得选非饲料猪的，才够肥厚爽口，吃起来更有油香。

松记的炉子，客人是不能碰的。坐好后就有专人来将食材一样一样灼熟，再分到碗里。因为每一样食材都有不同的烹煮时间，放进去的次序也不能乱。于是就用一锅清水，煮出了绝妙滋味，简直像变戏法似的。果然，这种讲究，又是顺德人所为，本店在顺德，两年后飞哥又带我去吃了顺德松记。

飞哥不是顺德人，我好奇他心中怎么有一张这样翔实的顺德美食地图。

他说，开着车一家一家找出来吃出来的啊。更早的年代，他做的是汽车配件行业，业务往来常常要往顺德跑。二十年前哪有这么便捷的资讯传播，打开手机铺天盖地的点评推荐攻略，藏在穷山峻岭、犄角旮旯里的奇人异事全在眼前；也不像现在，当你真正吃到一间店的时候，早就已经在网络电视或社交平台上看过好几次了。

那个时候，顺德很多馆子不过是在鱼塘边河涌旁搭个棚子，二十多年前的顺德松记就是一间这样的松皮棚子。他走进去一吃，欸，有惊喜，就记住了，下次再寻过来。可是有的店过了几年再去搜寻，找不到了。随着城市建设发展，有的鱼塘填上了，有的河涌改造了，搭在旁边的棚子，当然也拆掉了。有的馆子只是搬家换个地方，有的就再也找不到了。不知道他开着车在镇与镇之间穿梭的时候，会不会有一种武陵人寻不到桃花源入口的失落。

我想无论如何，始终还是会有一些好餐厅继续做下来，我看到飞哥最近又到顺德去了。

无忌

——镜头里活色生香

1 张张无忌与张无忌的关系

名字与其人的印象往往是打成一片的。听到张张无忌这个名字还没见过本尊时，我开始假想一个武侠形象；跟他熟识以后，反了过来，现在每次看见文章讲张无忌，脑子里当下反应出来的却是一个戴帽子眯眯笑的摄影师。张张无忌当然不是他的本名。以图像为生的人，却偏爱在文字上耍小杂技，他做的第一个“凌空翻”便是自己的名字。

十年前我刚进入杂志社工作，编辑总监甩给我几个常合作的摄影师的名字跟电话号码，有拍摄需求的话就给他们拨电话约档期。我一看，嚯，张张无忌、詹畅轩，偶像剧男主角吗？有个美编同事从未见过这些传说中的摄影师，每天在电脑前将他们的精致作品排来排去，心里便认定詹畅轩是大帅哥，就像小时候对电台DJ的幻想。

我先见到的是詹畅轩，那天我们要拍一间茶叶店，约在茶叶店门口见面，点点头，迅速交换名片，顾不上交谈就一同走进店里，告诉采访对象我们是工作拍档。詹畅轩小小个子，很瘦，扎一条柔顺乌黑长马尾，从背后看完全是个女孩子，干起活来动作麻利，严肃，甚至有点凶，我马上被震慑住了。其实后来我跟他交情不错，紧密合作了好几年（还昵称他轩轩），但当时我刚工作没多久，见到这场面还是紧张的。收工后我告诉他，第二天约了张张无忌去从化拍摄。

“哦，他是我师父。”詹畅轩一边收拾东西一边说。

“啊，他凶吗？”我更紧张了。

“不会，”轩轩说，“我也不凶吧？”

我没吱声，心头一紧。

第二天，张张无忌在高速公路收费站出口等我，我自己打车过去，再换到他的金色小车，有点像电影里交赎金的场景。张张无忌开着车，一路慢悠悠地说岩井俊二电影以及几年前在塞班岛看到的奇景。待他讲的故事拐过悬崖以后，我终于问他张张无忌这个名字的来由。

“张张无忌跟张无忌没什么关系，”他慢条斯理地说，“一来我不会乾坤大挪移，第二我没张无忌帅，最重要的是我没他那么多女朋友。”后来我知道了，原来张、张、无、忌是他的一个理想：张张照片都无所顾忌。这是一个典型的张张无忌式措辞，文字游戏冷笑话，粤语讲就是“烂gag”①。

我们看着厨师做菜放刁草，他说这就是“no big deal”（粤语谐音“捞碧刁”），捞拌碧绿的刁草。他自己在家做三文鱼头锅，说看完菜谱往里头扔了一元硬币，“因为菜谱上说要放八角，家里没零钱”。

他讲话总是慢半拍，你以为这个话题结束了，他却眨眨眼睛，忽然又冒出来一句，原来刚刚是在酝酿冷笑话。无忌眉尾眼角微微下垂，抬眼看人总带着三分无辜，似笑非笑，扎一根辫子，就像“外国人画出的中国人，总是乐天的，狡猾可爱的苦哈哈”。我从没见过这么爱说冷笑话的人。

大多是香港电视电影圈流行的“食字笑话”，就是用同音字拼凑出另一层意思，

① gag：粤语说法，玩笑，噱头。

从而达到喜剧效果，导演彭浩翔说他入行的时候就被教导，这是每个编剧必学的入门技术，“一个编剧懂得‘食’字可够养妻活儿”。不过张张无忌并不靠这个创业兴家，他是一个商业美食摄影师。

2 美食摄影师

现在这个时代人人举起手机都能拍，尤其爱拍美食，但有人是靠这门手艺吃饭的。摄影师总是拖着大大小小的箱子出现。找好电源，确定方位，支灯架，左边一盏，右边一盏，占满整间屋子。有时候，光线比器材、技术都重要。那些荧紫、电蓝、昏黄的场面下，再好的菜式拍出来多少有点形迹可疑，至少不会引发食欲。酱汁肆意的话，看上去简直是凶案现场。打好灯或是在明澈的自然光里，才能看得出那些粉嫩焦红青葱欲滴。

摆好道场，不急上菜，先要商量好版面安排，拍摄角度，哪个菜先上，间隔时间，有的菜要额外叮嘱厨师煮到哪个熟度，汤汁多寡，色彩搭配，造型几何，是否需要调整得更立体一些，用什么器皿，要不要配酒，加不加其他装饰，用什么镜头……商业摄影更细致，我听说以前拍艇仔粥要把里面七零八落的生鱼片、瘦肉、油条丝用牙签戳起来，插在碗底暗藏的底座上。麻鹰也为广告片做过食物造型，一碟腊肠慢工细磨拍三天。

以前做美食杂志的时候，经常要认真拍照，跟不同的摄影师合作。詹畅轩是这行难得一见的理科生，严谨、较真，有条有理，一板一眼，永远奉行当日事当日毕，不管拍到多晚，超大文件夹总会在当天抵达邮箱，发挥稳定，靠谱放心。

Terry自由随性，构图不时会有匪夷所思的角度，一起出差一边开车一边哼歌，轻轻松松最好玩。有一年去清远拍摄会飞上树的走地鸡，当地老板称呼我们为“高记者”“李师傅”，此后我们就一直这样叫对方。

平深本来是艺术摄影师，因为爱吃，也经常来客串，我们会研究不一样的拍法，把食物当成静物来创造，脑洞大开，百无禁忌，将惠食佳的煲仔饭剖开拍横切面，把琥珀餐厅的墨鱼汁炸物拍成枯山水。

何文安的外号是醉街摄影师，粤语读来是“最佳”，但他也确实会醉倒在街上。他的摄影风格是把镜头直怼到食物跟前，近得只看到模模糊糊色块交叠，唯有一个点是清晰的，浓郁得要流淌出画面来，勾起人原始的欲望。

我刚入行时，张张无忌就已经是这个圈子极有名的美食摄影师。他的理论是：“如果你的美食照片拍得不够好，那是因为你吃得不够多。”我们一起去顺德做杂志的大专题，美食家飞哥带路，张张无忌摄影，在顺德待了一个星期，每天吃六顿。他们太能吃了，每天跑几个地方，我抱着圆滚滚肚子筋疲力尽，他们还要再找一个夜宵。

在外面拍摄就要轻装上身，不能左一盏灯右一盏灯，要抓住时机借天光。一盘热气腾腾的食物就像天真烂漫的小姑娘，自自然然就好看。有时镬气比造型要紧，泄了真气就颓了。有时我们拍，大厨、餐厅老板在旁边看，比我们着急，一直催促：冷了，冷了。张张无忌要做的是凝固最绚烂的一瞬间。在他的镜头里，炸云吞的皮儿迎着光，是酥酥的蝉翼，生炒水鱼片还飘着热腾腾轻烟，瓦造大酒缸的土朴映衬得刚出炉的炭火烧鹅金红透亮，简直是华丽。

3 一个自己的厨房

他说想有一个自己的厨房："漂漂亮亮的，做完菜之后，可以马上拍摄，拍完了趁热吃光。"后来真的有了一个这样的地方，T馆——Taste Studio，谐音"踢馆"。在一个工业旧区改造的创意园最深处，有宽敞的开放式厨房，灯光明亮，还有风流潇洒的法籍大厨Chris作为拍档每天都在，几乎是一个理想的地方。无忌在这里做过好些派对晚宴，比方说其中一次主题是"冬冷宴"——冬天的冷笑话晚宴，菜名全是食字游戏。

再后来T馆因为租约问题关张了。又过了几年，他发起众筹要做一个深夜食堂——这简直是我们这个圈子里的另一个人人都有的梦想，可是每天晚上站在料理台前拿出酒菜守候疲惫夜归人，却不是每个人都能做到的。

有天夜里我跟麻鹰散步，走到珠江新城猎人坊，那是一大片沿着天然河涌而建的岭南青砖大宅，在夜里静深深、蓝幽幽的，转个弯忽然见到一个挂满明晃晃灯笼店招的居酒屋，那场景像极了《千与千寻》。招牌赫然：神隐酒场。原来无忌的深夜食堂真的开了！

后来又再去过几次。总是在一场活动结束，意犹未尽，众人便晃晃悠悠过去再喝两杯，总会碰到熟人。有一次最夸张，高级晚宴散场出来，主办方居然包了辆大巴送大家去神隐继续消夜。广州的夜生活，离不了一个“食”字。神隐的食物却又比《深夜食堂》复杂、高级得多：烤海胆、香格里拉松茸、玫瑰露酒加勒比海酱烤海螺、堂蒸北海道红毛蟹、秋刀鱼紫苏卷、吞拿鱼刺身饭、烧鸡西柚沙拉、清酒紫苏煮蓝贻贝、炭烧鸡鲍翅、银鳕鱼西京烧……

无忌戴着毡帽站在料理台后，话也不多，只是斟酒，倒也挺像《深夜食堂》里的老板。他会在凌晨打烊的时候，发一句“神隐酒场的一夜，月未满，夜正酣，寂寞流星群”。不知道深夜的食堂，有些怎样的故事。

4 深夜食堂

事实上，回想起认识无忌这些年，我记得的都是一些“深夜食堂”故事。以前我们一群人常常消夜，有天晚上四五个人在居酒屋喝酒聊天吃到半夜三点，等着锁门的店伙儿都在角落里睡着了，然后无忌幽幽地说：

饿了，我们去吃夜宵吧！……我真的很想问他：那我们刚刚在吃什么？

还有一次在香港，无忌约大家消夜去打边炉，很鲜很鲜的番茄蟹锅。我推脱不去，说要逛街，他说："来吧，那里有衣服卖。"我说："怎么可能？不是火锅店吗？"他说："不信你自己去看，什么都有，房子都有得卖。"

晚上十一点多，我独自打车到了那个叫作曲街的地方，登时明白了，这一整条街都是卖寿衣的！黑黢黢寂静无人的小街，我刚走下车，还没关门，出租车就一溜烟开走了。天啊，这里哪有火锅店的影子。莫不是在整蛊我？吓得一身冷汗。忽然，后面小巷子里有人探出头来："这里！"走过去，缩在角落里真有一间火锅店，咕嘟咕嘟冒着白烟，翻滚着番茄蟹汤底……

另一次，我们出差住在一间历史悠久的酒店，很久以前我就听人说，住在这里的套房半夜听到脚步声，有人在暗夜里来来回回在他的床边走。大概因为害怕，我没敢跟无忌讲起这件事。那天我们吃过隆重烛光晚餐与一轮夜宵后，各自回房已是深夜。我想想有点怕，睡觉时打开了所有的灯。一觉睡到天亮，阳光照进，无梦无事。刚松了口气，拿起手机看到无忌凌晨四点发给我两条60秒微信语音。咦？我纳闷地拿起来一听，居然是两分钟啪嗒啪嗒脚步声，飘荡在一个冷冷清清的空间……怎么回事，我要是半夜听到还不得吓死！

吃早餐的时候我马上追问。原来昨天夜里我们回来以后，他又约了朋友，出去吃第二轮夜宵，再回来的时候找不到自己的房间，在走廊走来走去，不知道走到什么地方去了……至于手机？他困惑地想了想，慢悠悠地说，可能不小心按到了吧……

都是好多年前的事了。

5 神隐

前些天，我在饭局上碰到詹畅轩。这些年各有各忙见面少，他一头钻进了威士忌的迷人世界，还做了一个自己的品牌“顺辕堂”，顺辕是他女儿的名字。他挑了两个蔡昊精选威士忌的本尼维斯雪莉单桶，独立装瓶，还给我寄了一瓶。酒标是一幅小画，日本的亭台楼阁，远景是富士山与一只不成比例大的招财猫，天真的，浅淡的，甜美的，

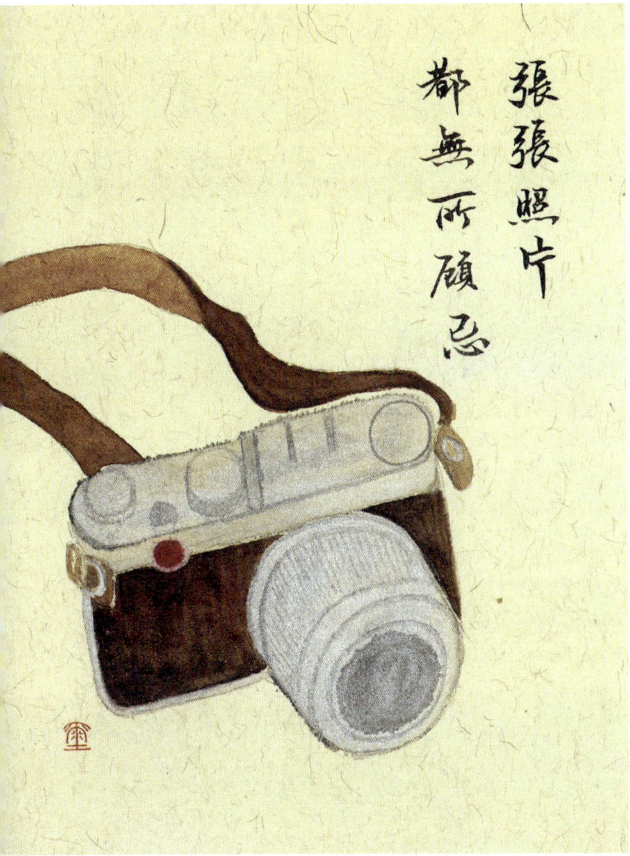
張張照片
都無所顧忌

原来張。張。無。忌。是他的一个理想。——張張照片都無所顧忌。這是一个典型的張張無忌式措辭。——「烂gag」。

我一直觉得他心里住着一个日本少女。

我们差不多有五年没在一起工作。想起那时候帮他拖着大箱子走在香港上环长长斜坡羁羁绊绊石板街，走得气喘吁吁。还有一次我们做客家菜大专题，晚上开车去大埔，山路狭窄，雾气极重，我俩聊着聊着天忽然发现前面完全看不到路了，司机还淡定地说：没事儿没事儿，这路我熟。但我俩已经不由自主地安静下来，屏住呼吸。我当时心里想的是：我不会殉职吧？最后一个见到的人居然是轩轩，好像有点可惜？……五年前我离开了美食杂志。后来那几年，杂志报纸关门的关门，裁版面的裁版面，七零八落。

相熟的摄影师各有前程，Terry开了工作室教打非洲鼓，韵律感强，奔放不羁，太适合他了，后来居然打到美国跟非洲去了，跟一群黑人兄弟在一起。

何文安参与做了一间海鲜烧烤店，名字叫“活泼”，标语是——“唔活泼，你食吖？”（粤语）他们家的海鲜确实活泼，活蹦乱跳，搭个网架子把新鲜鲍鱼放上去，火在下面一烧，鲍鱼那团肉就扭来扭去，他还开始拍美食视频，对准这样的画面，简直是美食“色情”动作片。

平深除了在大学教摄影，也继续他的艺术研究，开发延伸产品，我去看过几次他的摄影展，妖娆、激烈、先锋。我们还一起合作过视频，他掌镜，我写剧本——给牛排馆写了一个关于欲望的故事。

其实我的工作状态也有很多变化。回想起那几年，这群人几乎每天都在一起工作采访吃饭消夜喝酒，无忌有次就说他最近见我们比见老婆还多。大家都还挺闲的，还会组团去汕头、中山大吃大喝，一天从早吃到晚，吃牛肉火锅要抢，有一次，我还吃得太饱，吐了；一起去贵州黎平，山路绕来绕去，住在地扪村，夜里杀了猪，手边啥调料也没有，干脆把带来喝的威士忌倒进去腌肉……

半工作半玩乐，媒体稿费二十年没涨过，大家好像也并不计较。回想起那段时光，就像青春期的一个碎片。

有一天，无忌凌晨收工，走出神隐酒场，在朋友圈感叹：你见过凌晨四点的神隐吗？他说，神隐刚开的时候四点收市，还有客人去找夜宵吃继续喝。为什么现在人就越来越少了呢？是不是认识的人都老了？

我问他："你这间店为什么叫神隐啊？"

他说：“来喝酒，我就告诉你。”

我没去，我已经好久没吃过夜宵了。我知道，神隐，是一些被神怪隐藏起来的传说，譬如日本的浦岛太郎，或《千与千寻》亦是《神隐少女》；中国古代也有这样的故事，山间遇仙逗留片刻，人世间早已沧海桑田。

道长

——认真吃饭也是修行

1 奢华与教养

实在忘不了，那一年在香港与梁文道的晚餐，我是跌跌撞撞跑进餐厅的。是我约起的，结果拖拖拉拉迟了到，又没订好位子，只能临时就近转去旁边一家咖喱屋，在油麻地的小街上，窄窄店面，人贴人，闹哄哄，印度侍应热火朝天穿梭其间。梁文道早就已经到了，静静坐在角落，一身素白上衣，巴拿马草帽搁桌上——那台面颜色看着也有点可疑。稀里糊涂满溢出来的咖喱碗盘就在他脑袋上空飞来飞去，看得我惊心动魄。

七年后我还忍不住要为此道歉，他说，咖喱屋有什么问题呢？也不错啊。他总是这样云淡风轻的样子，一如他的外号“道长”，我很难想象他年轻时还会打群架。但这次我绝不能再迟到，餐厅也要早早订好，毕竟在广州，也算是我的地盘嘛。

正好顺路，傍晚先去他入住的酒店大堂碰头。走出来的时候，我留意到，他跟身边经过的每一位员工点头示意——把头完全转过去，直视对方双眼，停顿片刻，郑重其事点点头，而他们也回以无声的招呼，从眼神看得出来，这些天出出入入，他们之间已相当熟稔，尽管没有出声，尽管彼此都隔着口罩。

这家酒店我也常来，从来没有这样一个一个看过服务人员的眼睛。每次都是低着脑袋直冲冲走进去按电梯，表示自己熟门熟路，行云流水，一个姿态包含几重含义：你好、我没事、我知道自己要去哪儿、不用管我、再见。

很多年前道长有一篇人人传阅的文章，谈“奢华与教养”，正好对得上此情此景——我们就身处一间奢华酒店，然而，“‘教养’是一个何其古老、于今天何其陌生的词啊”。

我们走到门口，上车前，道长又特意弯过来这边给我拉车门，我慌慌张张坐进去；酒店门童为他开车门，他停下来，微微躬身道谢。

一个人的修养与体面真的可以做到这

样天衣无缝吗？我曾经想找到太阳下的阴影。道长自己也说：要完全认识一个人，一定要认识他的恐惧。所以如果不是《我执》与《八分》，我应该也没这么喜欢他。不过这是后话了，我先从他对我职业生涯的影响说起。

2 好奇宝宝

我跟大多数人一样，最初知道梁文道，是《锵锵三人行》与《开卷八分钟》。我爸只要在家，客厅一定回荡着凤凰卫视的声响，即使他只是在沙发上打瞌睡。那时我念高中，早上总是重播这两个节目，对于我来说，那是清晨的声音，干脆利落，敲开晨雾与睡意。

很多年后做美食编辑，我卡在一个迷茫阶段：自认没有敏锐味觉不是美食家写不来食评，也不够勤快不爱天天巡街探店，连菜式做法都不耐烦勤勤勉勉记录。身处这个行业，我感觉自己一无是处。直到在香港的饮食杂志读到梁文道的文章。

这本杂志现在已经停刊了，那时一书三册：娱乐八卦、美容、饮食。总是离港前在便利店买一本拿上直通车，火车上随手翻掉前两册，直接留在座椅杂志袋里，只把这薄薄一册饮食杂志塞进背包。最爱看专栏。

叶一南懂吃，敢讲，又是从业者，了解内幕行情，其文章读来畅快，是我最熟悉的一种饮食文章。刘健威的腔调有种说不出的气氛，总有些莫名其妙的故事发生，又在出乎意料的地方戛然而止，像小说，又像真事，让人低回不已。认识他本人后，发现他交友确实广泛——除了文艺界友人，还有特立独行的年轻人，比方说“美艳惊人的90后异装癖”。有次参加他组的饭局，主宾是倪匡、唯灵、李欧梵夫妇，坐我左边的是写诗的方太初，右边的是讲鬼故事的云海，挺奇妙的。

梁文道的专栏在他俩旁边，又是完全不一样的写法。

饮食杂志向他约稿时，他就划清界限：不写餐厅评论，不写菜式做法。他说自己不是食家，而是个“关心饮食者”。

关心饮食是指什么呢？他就像是刚掉进饮食世界的好奇宝宝，有十万个为什么：为什么我们看球赛总忍不住要吃零食，尤其是薯片这类垃圾食品呢？味觉可以打分数吗？

一瓶八十七分和八十八分的葡萄酒，我们尝得出那一分的差别吗？为什么中国人会用筷子这种需要技巧的工具吃饭呢？大家都吃米饭，西班牙人、意大利人对米的概念与中国人大不一样，究竟什么才是米味呢？

我都差点忘了，念书时我也是这样，总爱问为什么，不能接受所谓“约定俗成”“习惯用法”之类的解释，老师同学都被缠得不耐烦，叫我“问题少女”。不知从哪天开始，我也懒得追问。大概就像黄子华说的，一个人“成熟”的标志，就是爱说“系咁噶啦！”[①]“好出奇啊？”——就是这样，很奇怪吗？

读梁文道写“味道”（专栏文章结集成书，三册《味道》），我才意识到，这些看上去不起眼的小问题，并非理所当然，咀嚼起来，很有兴味。不仅吃着碗里，想着锅里，还能想到灶台、田间、江湖河海、另一座城市、野外天边去，从一个人的舌头可以看到他的脑子，多有趣。

我对“饮食”重新产生兴趣。后来在公众号写了几篇稚嫩的小说，一篇讲南北

① 粤语：“是这样的啦！”

杏，那是一种“致命的吸引力”；另一篇讲辣椒，寻求刺激的人——“这个世界是有受虐狂的”；还有一篇，男主角是一个看上去“合乎理想、无懈可击”的人，但他吃什么都要加辣椒酱，明明不吃牛肉却会给女朋友推荐牛肉汉堡，因为朋友说好吃——他将自己隐藏起来，唯有从食物里可以看出一点点破绽。从一个人吃的东西，可以看出他的性格、背景、身份、处境、状态。

我们坐在车上，讲起他这次的广州行程，中间还去了趟汕头，昨天刚回来。咦，难道是拍美食节目？他说：算是美食节目吧，不过比较古怪。拍的都是代驾的夜宵，菜农的早餐，还有值班的护士吃什么。

他说：“一个人吃什么怎样吃，觉得什么好吃什么不好吃，从来不是他一个人决定得了的；我们都在社会里吃，食物与人的关系是一种社会的关系。”

啊哈，我想起电影《重庆森林》里的警员“编号663”，每天晚上巡逻到快餐店，给女朋友买厨师沙拉，后来听从老板劝告，换换口味，有时炸鱼薯条，有时比萨，女朋友却离开了他——“也对，夜宵都那么多选择，何况男朋友”。分手后，编号663再来快餐店，只需要一杯咖啡。

3 私人状态

“您好，我是梁文道。”

我笑了，这不是有来电显示么？何况电话是我先打过去的，他只是回过来。不过我也在电视节目或其他场合也听到他一板一眼介绍自己：“我姓梁，我叫梁文道。”假定自己是个没什么人知道的普通人，甚至是一个初进大公司的新人，把自己放到很低很低的位置。

没想到过了这么多年，他还记得我。连我自己，都已经忘记太多的人，太多的事，把名片重复递给同一个人，或是双方热切加微信，一扫码才发现早就加过了……

明明我们只打过两次交道，一次是十一年前他来广州宣传新书《访问：十五个有想法的书人》，我在羊城晚报社实习，混在记者之中去书店做采访；另一次也要追溯到七年前，去香港出差，跟他约了顿饭，文章刊在《橄榄餐厅评论》，杂志好像都没寄给他。

好久以前就问过他，怎么记性这样好。他每天要看五个小时的书，同时写几个专栏，时事、音乐、精表、书籍、饮食，这么多不同专业的事情不会在脑子里打架吗?

“不会，我脑子里有个小抽屉。”他笑道。他写过这种记忆术，把见闻与学识分门别类放进想象的小屋里不同的房间。

多年没见，我反倒更觉得他亲切了。如果说头两回，还只是一个小记者与文化界名人的事务性接触，这次重拾联系，于我而言，意义大不一样。因为我在那之后才读的《我执》，记得清楚，2015年的冬天。反复翻读，书页已破损，封面都不见了。那些细致幽微的想法情绪，是我感受得到却没能力一一厘清表达出来的，一击即中。

我无法想象这本书是梁文道写的，写《常识》的那个梁文道，那个公共知识分子梁文道。《我执》里的是一个有欲望纠缠的普通人。

他写，所有人际往来，莫非一种应答关系，“不回电话的必定就是主人”；他写，情人对记忆的反刍——“你变成了数不清的角色在数不清的处境之中，演出所有未曾发生的故事。而它们全部来自悔不当初的抉择，你只好不断地重新虚构那无数的潜在可能。”他写一个莫名其妙出现在他生活的人，一个曾经亲密的人，又忽然消失，“我怀疑这个人是不存在的”。

那些虚虚实实的生活断片之中，藏着一个柔软、脆弱、敏感、多疑、困惑、感伤的梁文道。

我甚少见到男性写作者这样着迷于“关系”。以前我写过一篇《为什么女生这么爱讲星座》，因为“女性”这种特质（思维方式，而非生理性别）就是不断通过关系来确认的，星座能让我们探讨人与人之间的性格差异，助我们捋清楚关系，不只是恋爱关系，还有各种各样纷繁关系，而不一定有什么具体目的。

几年后有一天坐车听《圆桌派》，那集讲星座，一直闷闷在旁的梁文道忽然说了几乎一模一样的一段话。我当时鸡皮疙瘩都起来了。我这些零零碎碎的念头没什么了不起的，但是遇到另一个人也有同样的想法，实在太奇妙。

再后来是他的音频节目《八分》。如果说《开卷八分钟》是清晨的声音，那《八分》无疑是属于夜晚的。他连语速都放慢了，且更低沉，几乎是耳语。在夜里躺上床关了灯来听，就像是年轻的时候跟朋友“煲电话粥”，有一搭没一搭，不知不觉就睡着了。

我一见到道长就忍不住说：这两天您没更新，差点都失眠了。

我们正准备上电梯，道长回过头来大笑道：最近有个听众做肠镜需要彻底排便，一整晚就靠听我的节目坚持下去；好像还有人说生孩子的时候听……

他笑得差点没留意到电梯开门。

事实上，是道长的《八分》陪我们度过了2020年那个漫长无边的冬天。他有一段时间连续更新，每晚打开节目听见他的声音，特别笃定心安。他讲小说里的人面对疫情做出什么选择，讲一个细胞怎样改变整个医疗史，讲怎样的音乐可以影响人的一生；他也会谈时局变化、热点话题，讲讲那段时间发生了什么有意思的事。

别的音频节目，都要几个人对谈聊天；要么打了底稿，有结构，有目录，一节一节，像上课。道长的《八分》不是这样的，往往是用一个话题打开，就闲散悠长聊起来，语句随思绪弥漫，有时讲不下去了，他嘿嘿一笑，今天偷个懒，开始回答听众提问。

道长一个人讲话比群聊状态更迷人。他跟别人对谈，言辞并不见得更出彩，也不抢话，因为太过理智冷静，滴水不漏，反倒有点闷。他一个人录节目却放松下来，自由自在，自问自答，有时反驳一下自己，嘲笑一下自己，还笑出声来，很可爱。

因为常常在节目里听道长讲话，我们甚至觉得自己跟他是老朋友了——别的朋友你也不可能每天聊一个钟头电话吧。但我提醒自己，这是媒体传播造成的错觉。以前有个博主，我看她文章碎碎念多了，格外亲切，莫名其妙把人家当知己，写邮件过去请她帮忙，她转头在微博上写：帮帮帮，帮侬搭噶伐？[①]我看到很刺心。原来我们其实是不认识的，我忘了。

所以当道长说他很快就要来广州，我们当面再聊的时候，我以为只是“得闲饮茶”之类的客套话，没想过他是说真的。

4 吃饭也是修行

我们见面那天是2021年的年末，去我熟

① 上海方言：跟你有关系吗？

悉的焯跃吃晚饭。换作别的文化人，我未必敢订这样的高级餐厅。

我一度对读书人有个偏见，以为他们沉浸于精神追求，不大在意物质享乐。即使写吃有名如汪曾祺，笔下饮食也极日常，浸润老城乡野回忆，有种文人的清雅与素朴乐趣；张爱玲算精致了吧，她嫌周作人写散文谈吃，“写来写去都是他故乡绍兴的几样最节俭清淡的菜”，但她自己“画饼充饥”，写的也是些什么姑姑想吃的“粘粘转”，鸭舌小萝卜汤，天南地北的面包（大多她还觉得并不好吃，只是回忆勾连起来），最矜贵可能是大张的紫菜——“惊喜得叫出声来，觉得是中国人的杰作之一”。

其实想来，他们这一辈写食透着一股清苦气，也是动荡时代使然。再早一些，袁枚、张岱、李渔，不仅是美食家，还是生活家，“极爱繁华”，好精舍，好鲜衣，好梨园，好华灯，好烟火。

梁文道也被戏称为“穿搭博主”，衣服质感与剪裁考究，看不出明显品牌，因为都是手工定制。同样地，你以为他写饮食文章避谈口腹之欲，事实上他很爱吃，也舍得吃。那年“志魂”刚荣升香港米其林三星，他已经吃过两次了，说不比日本本土逊色，“是全华人世界最好的寿司亭，即使在东京也可以拿星”。

我问他好在哪里。

“饭煮得很好，刀工很好，握的技术好得不得了。师傅会看每一块材料来决定切多大、什么形状，米饭手握的松紧程度，好的师傅真的会在乎这些细节。煮鲍鱼一流，你有机会试试。”

寿司之神小野二郎的哲学他反倒有点接受不了，“太快了，嘣嘣嘣地来，好紧张”。

我说跟着舒国治的书去吃京都的餐厅，有点失望，他大笑：“舒国治是文人，吃饭你不能信他的。”

他年轻时除了买书，收入全都吃掉了。一个人吃中餐不好点菜，就去庙街，跟一桌子不认识的人拼桌点菜，除了他，其他都是些独来独往的老头子。

饮食口味往往是从小养成的。他小时候跟着外祖父母在台湾生活，他们很会做菜，在家就能吃到地道的河北菜、山西菜；那时的台湾又云集南北大菜东西小吃，梁实秋、唐鲁孙品评过的老店尚在，外祖父带着他一一吃过去，他说，民国甚至清末，于他

他在书里说。要完全认识一个人。一定要认识他的恐惧。读完这本书。我算是真实认识了梁文道这个人吗。

梁文道
ātma-grāha

"是种味觉的记忆多于书本上的故事"。

我们坐在焯跃的长料理台边，几乎每个人都惊讶道长会说粤语。我也常常忘记他是香港人。他在节目里都说普通话，极流畅，转成粤语反倒语速减缓，好像在字斟句酌。粤语对话难得听到这样的书卷气。

老板袍哥跟主厨Seven走过来打招呼，客套两句，没想到聊起饮食，就停不下来，从北京讲到东京。道长的父亲是顺德人，嘴刁，常常一边吃饭一边点评，柒师傅一听，马上起劲地讲起顺德的刁钻菜，塘鲺须、鲮鱼肠、田鸡扣，都是些奇奇怪怪的部位。道长笑得前仰后合，说下次要去尝尝。

噼里啪啦正聊得欢，菜一端上来，他就马上收住话头，侧过脑袋听厨师介绍菜。吃的时候更专注，看着眼前的食物，不紧不慢，一声不吭，我提着心眼，直到听到他轻轻发出一声沉缓的"唔，好吃"，才放下心来。后来才发现，他一整晚都没看过手机，手机在背包里，背包锁在餐厅储存柜里。好久没见过有人那么专心吃饭。

他说，很长一段时间，他也跟许多人一样，是个"进食机器人"，一个人吃饭的时候丢不开书本杂志，与人家一起吃饭总是顾着说话忘了食物。近年来受到禅师的启发，尝试用专心的态度对待简单的食物，吃一瓣橘子，闻它散发出来的清香，细细咀嚼，分明感受到橘子质感的层次，同时也留意自己吃的过程，舌头触碰食物时是向左顶还是向右顶？每一口食物嚼了多少下才咽下去？全神贯注于嘴里的食物，“或许连一口白饭都是人间至味”。

端上来一块厚切的响螺扒，汤焯仅熟，肉粉白色，躺在浅浅白瓷盘子中间，撒了几粒紫苏花，一小撮深色稠酱。响螺本身是那种极干净的鲜，潮汕餐厅通常会配虾酱，焯跃用的是紫苏酱，广州人会亲切地想起夜宵摊子。料理台前的年轻厨师想卖个关子，故意不说穿，请道长猜一猜。

刀尖缓缓滑过，割破绸缎似地划开那片响螺，道长低着头，戳起一块放进嘴里。进食的那一两分钟，他仿佛进入一个修行状态，有个气场笼罩着他，像是被谁按下了静音。

“紫苏炒田螺。”我忍不住大声说了出来。

“啊呀，你怎么这么快就说破了？”年轻厨师笑。我先生坐在道长另一侧，也笑了。

我们嘻嘻哈哈举起手中香槟又准备碰杯，唯独道长默不作声，还在认真吃东西。我戳戳他："道长您听见我刚刚说什么吗？"

他抬起头来看着我们，好像刚从某个地方回来，一脸茫然："什么？"

果然完全没听见。

魔法师

——请吃下我的人生

1 一顿饭就是一场电影

牛肉只约略煎过两面，深粉红色，脂肪纹路细致可辨，上面搁着一件澄黄如月的海胆，垫在底下的是黑麦薄烤饼，顶上覆一片薄如蝉翼的白萝卜，青嫩绿芽装点，宽阔白盘子空旷静谧如池塘，有没有一点莫奈的腔调?

看上去冷淡寂寥，用刀叉辅佐一道放入嘴里——我、的、天。

我知道这种思路，比如经典法国菜罗西尼牛排（Tournedos Rossini），将牛排与煎肥鹅肝搭在一起；某些粤式烧腊老店，也会把边层焦香还在滴油的叉烧与烧鹅的鹅肝戳在一起给你尝。

我有心理准备，但这牛肉加海胆来得那

样极致与热烈，就像被情人突然抵至墙角，让人透不过气的缠绵拥吻，极嫩的牛肉就像一片小舌头，海胆丰腴鲜美从舌尖充盈上脑……还能说什么？脑子瞬间一片空白。

“这不算是常见组合吧……”不禁要问。

他笑笑：“好几年前我做过日本山口县的美食大使，在那儿遇上一位名叫Hama的女士，她当时正在钓海胆。”

“然后呢？”

他又笑笑。

他是世界上大概能排进前十的名厨，好多年前就以先锋前卫、实验性强、打破传统、极具创意乃至疯狂颠覆而著称。他玩剩下的那一套，现在还有人乐此不疲。

我刚经过十多个小时的长途飞行回来，一下飞机就满城找理发店。这顿饭太重要，无论如何也得先洗个头。天亮没多久，这座城市向来醒得不早，因为总是睡得太晚。狭窄街道沿山高低蜿蜒，两侧店招交错，路上只有三数个闲闲的人。

他从厨房阔步走来，身材高大，一袭白衣，头发胡子纯白得圣洁，非常像甘道夫，好像随时要施展魔法。一个热情的、密不透风的拥抱，我很庆幸自己头发洗了。

我们对着海边的摩天轮坐下，先喝一杯白中白香槟，气泡细细上涌。

“一顿饭就像一部电影，我就是创作高潮起伏的导演。”他笑道。

3 音乐、小说与诗

第一道菜是伊比利亚火腿与牛奶巧克力脆片搭配肥鸭肝，顶上正中还来一撮红辣椒，一点点冲突与冒险。这道菜叫“Ringo Starr”，好，披头士的鼓点响起来。

我知道他爱音乐。

“一顿饭本身就是有音乐的，高低起伏的律动，切分节奏，冷热交织，你听听汤倾流而下的声音……”他讲话抑扬顿挫，也有韵律节奏。

没错，我不能想象没有音乐感的电影。可以没有配乐，但音韵无处不在。

“你读读看，Tem、pu、ra，多美！”当我问他为什么八十年代初就想到做天妇罗——那时西方根本还没像现在这么盛行日本风，他笑了，一字一顿读出Tempura这个单词，ra字发成气音，甚是迷人。

接下来是甜菜根酱汁配生蚝，Beaufort芝士及香甜椰菜花，是他1986年的创作，他说这个时期他对于甘苦相随充满热情。

1989年的煎海螯虾Terre de Sienne，灵感来自他在意大利锡耶纳的一趟旅程。

“我年轻时用了两年时间周游世界。”他眉飞色舞。

他有几年喜欢《极乐大餐》《人咬狗》《逍遥骑士》《远行他方》这些片子，1975年还搭便车横跨美洲，从魁北克走到阿卡普尔科，他说，“那一年Sex Pistols也诞生了。”

“你很punk嘛！”

他果断摇头：“不，不，不，我觉得自己是elegant。”

是的，他是很elegant，做的菜纤巧精致优雅，但他还是很punk。

我以前着迷地下演出，认识一个很“朋克”的贝斯手，他说：“你以为朋克一定很有型？不，可能他只是一个虚弱的胖子。”所谓朋克，不一定要奇装异服发型古怪，朋克是一种打破一切、颠覆一切的态度。

我眼前的这个人，是世界范围烹饪圈子里的重要精神领袖。他创作的菜，味道早已不是评判的唯一准则，他一直打破常规，甚至不断推翻自己。他是最早那批玩分子美食的人，但他现在认为，分子料理只是一个曾经出现过的潮流，就像其他许许多多潮流一样，并没什么了不起；然而他的创作始终充满颠覆、创意与狂想，让人一边吃一边惊奇连连。

美食生活家叶怡兰说在他的餐厅用餐，是她“此生少数几次几可称之为‘完美’的美食体验里，极其惊心动魄的一次”。

我在吃的这顿饭，接下来还有——烤厚海鲈鱼扒配酸豆及黑蒜泥，鳀鱼、猪耳及骨髓，猪肉蔬菜丸及脆甜卷心菜烟熏洋姜汤，蘑菇及婆罗门参，西柚或金巴利酒雪葩暖嫩牛肉派，红卷心菜及红醋栗果酱，西洋菜雪糕组合新异。他说，我要放一些诗在我的盘子里。

切特·贝克（Chet Baker）的爵士乐给他带来灵感，杰克逊·波洛克（Jackson Pollock）与塞·托姆布雷（Cy Twombly）的画作使他着迷，因为画家会运用独特的语言来表达难以形容的东西。我很好奇他的书架，原来还有艺术集与摄影书，以及为数不少的小说。吉姆·哈里森（Jim Harrison）的小说，大卫·万恩（David Vann）的《萨克万岛》，伊恩·麦克尤恩（Ian McEwan）

一頓飯本身就是有音樂的。
高低起伏的律動。
切分節奏。
冷熱交織。
Hervé This
Gagnaire
Cuisine

這部丰富混搭的魔幻電影。從1981年初他初出茅廬講到當下。不同時期的代表菜品。起承轉合。有倒叙。有穿插。有蒙太奇。跳躍。有高潮迭起。也有娓娓道來。

的《在切瑟尔海滩上》，斯蒂芬·茨威格（Stefan Zweig）的《良知对抗暴力》，雷蒙德·卡佛（Raymond Carver）的《新手》……

《新手》是《当我们谈论爱情时我们在谈论什么》的原始版本，后者出版时编辑删改了不少，卡佛说：有朝一日，我必将这些短篇还以原貌，一字不减地重新出版——创作者有时就是这样锱铢必较、耿耿于怀。张爱玲拍照，人家说露出肩膀骨头太多了，她说："不要紧，至少是我的。"可惜《新手》出版时，卡佛已经过世很多年了。

"所以你是幸运的，"我举起酒杯，"至少这部关于你人生的'电影'是你自己剪辑的。"

3 这就是我的人生

这部丰富混搭的魔幻电影，从1981年他初出茅庐讲到当下，不同时期的代表菜品，起承转合，有倒叙，有穿插，有蒙太奇跳跃，有高潮迭起，也有娓娓道来。

我仿佛看到了三四十年前，那个爱上烹饪、脑洞大开的黄毛小子，一步步向我走来，咧嘴笑着，眉头微皱，好像总有阳光刺眼，神情有些像戴安娜王妃。他还不知道自己日后会石破天惊。

影片的结尾极其甜蜜——我吃了四道甜品，配苏玳甜酒，简直像做了一场梦，是那种电影里才可能发生的美梦。

其中一道是他三十三年前创作的“加勒比巧克力梳芙厘、软滑Ganache巧克力酱及勃艮第白兰地西西里岛开心果芭菲”，那一年他带着这个巧克力梳芙厘（souffle）创办了自己的第一间餐厅。

道别的时候，他把巧克力梳芙厘配方给我，让我回家可以照样复制一份，还附赠一个印了自己名字的白盘子，那个标志性图案——三条线组成一道玄虚的门，像日本神社前的鸟居。

“对了，”我又想起来：“那位叫Hama的日本女士后来怎样了？”

“忘记这事吧。味道才是最重要！”他猛力咂巴嘴唇，发出热吻般的声响。

你大概已经看出来了，他就是Pierre Gagnaire。

Pierre Gagnaire是法国新料理主义的代表人物之一，新式烹饪（Nouvelle Cuisine）是上世纪六十年代在法国烹饪界出现的一股新浪潮，与法国电影新浪潮时期相仿，理念上也颇有相似处。他对于世界饮食圈，在我看来，就像特吕弗戈达尔之于电影圈。戈达尔疾呼“拍电影，就是写作”，Pierre Gagnaire说，一顿饭也像一部电影，自己是创作高潮起伏的导演。

他在上海的Le Comptoir de Pierre Gagnaire跟波尔多的La Grande Maison，我都去吃过，但最难忘还是在香港那间老文华东方酒店顶楼的Pierre，独自一人吃的这顿饭。餐厅八周年，他精选代表菜式，组成这张“Magic 8”纪念菜单。“Magic 8”是一部怎样的电影？他不假思索地说：“就是我的人生。”

2020年，Pierre正式结业，唯以此文为记。

天才少年
——饭桌上的博弈论

8月6日海鲜面

8月9日菜肉云吞面

8月10日鲜虾西蓝花意粉

8月11日港式牛腩面

8月12日蛤肉意粉

8月13日鸡肉西蓝花意粉

8月14日虾肉直通粉

8月15日虾肉菠菜蝴蝶粉

8月16日潮州海鲜汤河粉

8月17日鸡肉西蓝花海鲜粉

8月20日鸭丝汤面

8月21日蚬肉意粉

8月22日鲜虾菠菜蝴蝶粉

8月23日虾仁炒面

8月24日打卤面

8月26日肉丸意粉

8月27日海鲜两面黄

8月30日牛腩河粉汤

这是少年某个月的晚餐。在普林斯顿大学附近的小餐馆，接连一个月每日吃不同面食之后，他终于选定了自己的食单：鲜虾西蓝花意粉。此后两天午饭晚饭连续四顿都吃这道面——因为这是一个“纳什均衡”。

“你简直就像《生活大爆炸》里的Sheldon啊。”我告诉少年。

认识少年的时候，我们在一个脱掉鞋子才能上岸的热带岛屿。夜晚点着蜡烛在沙滩上吃饭，海浪扑打的声响越来越近，就像要漫过脚踝来。少年坐在我对面。

他饶有兴味地看着我，问那是谁。

“你没看过这部美剧？讲的就是你这样的理科天才！你没看过吗？你竟然没看过？”

“我不看电视剧，而且，”他腼腆地笑了，说，“我也不是天才啦。”

怎么不是天才？读普林斯顿的时候他就是数学学会主席，现在斯坦福大学念经济学及法学双博士；获得过香港学界最高荣誉的尤德奖学金，在《大公报》《信报》写教育专栏；17岁时做的质数研究刊登在国际知名的数学期刊；当年诺贝尔经济学奖获得者约翰·纳什博士访港，主办方就邀请还在读中学的他担任公开对话的主持。

“纳什？就是《美丽心灵》里那个纳什吗？”初次听闻时，我简直不敢相信，以为那样的传奇人物完全活在电影里。

“嗯，我也是受他启迪，立志研究博弈论。”少年还是那样腼腆。

纳什是鼎鼎有名的博弈论祖师，少年跟随纳什的脚步来到了普林斯顿大学，他说：“在这里向他学习博弈论，仿佛听牛顿亲身讲授经典力学的感觉。”

“到底什么是博弈论啊？”我产生了兴趣。

傍晚在海边升起了篝火，大家传递着鸡尾酒与小食，有人演奏起既肃穆又妖娆的当地传统音乐。太阳像个向下滑落的小火球，越来越快，坠进了篝火里。拍照的拍照，围观的围观。

只有少年，一个人从海滩的左边走到右边，又慢慢从右边走到左边，然后又走回去，来来回回，似乎在思考什么，似乎漫不经心，踩着浅浅的海水。天空与海连成一片粉紫的香芋色。

“唔，”他的眼镜片反光，看不清后面的双眼，“当有两个或以上的人同时行动，且会互相影响，我不知道你会做什么，你也不知道我会做什么，我们怎么知道什么行动最能达到自己的目标呢？博弈论就是研究理性人的互动决策的学问。举个最简单的例子，生日会上两人分一个蛋糕，怎样才能确保公平呢？其中一个方法是让A君把蛋糕切成两份，然后由B君先选。于是A君总会拿到较小的一份，所以他会尽量把两份切得一样大。”

我懂了，就像《红玫瑰与白玫瑰》里娇蕊跟振保调情，他说吃花生酱会胖，于是她让他给她面包上涂一点，楚楚可怜地说：“你不会给我太多的。”待他涂完后，娇蕊凝视着他，抿嘴笑道：“你知道我为什么支使你？要是我自己，也许一下子意志坚强起来，塌得太少的！”这也是一种博弈？而她博弈的其实并不是一点花生酱，而是——“禁不起她这样稚气的娇媚，振保渐渐软化了”。

少年名叫卢安迪，我先认识的是他的美食家爸爸——卢健生Kinson。跟其他专职写食评的人不一样，Kinson是科技公司的高管，也是参加过澳门格兰披治大赛且排名不错的业余赛车手，出色的摄影爱好者，美食是他众多爱好之一。他与蔡澜交情极好，经常结伴到处找好吃的。

有一次我跟Kinson在东京遇到，他带我去新宿的“思い出横丁”吃烤串儿。窄窄长长横七竖八小巷交错连成片，细细密密都是烧烤店居酒屋，坐在路边窄窄长板凳上，架子上烤的鸡肉串会噌的冒出火苗来。他用脚丈量用手比画给我看，二十多年前他第一次跟蔡先生来东京就到这里吃串儿，那时只有更小更小的几条街。“思い出横丁”，其实就是，充满回忆的小路。

Kinson是有名的“面痴”，吃面的时候爱发个微博，问一句：“可以不？”少年去普林斯顿附近的小餐厅吃面，也发微博，每次亦问一句：“可以不？”

少年入读普林斯顿那年，一同前往报到的美食家爸爸发现学校食堂丰富得让人大开眼界：“有意大利面有热狗有汉堡包有薯条有比萨有各式沙拉蔬菜有两款汤有肉有炸鱼有鸡腿有各式水果各种汽水果汁咖啡茶”，“光冰激凌就有六款可选”，附近还有一间从前爱因斯坦常光顾的冰激凌小店。

少年很快从中选定了自己的最佳菜单：

8月6日 海鲜面
8月9日 菜肉云吞面
8月10日 鲜虾西兰花意粉
8月11日 港式牛腩面
8月12日 蛤肉意面
8月13日 鸡肉西兰花意粉
8月14日 虾肉意面粉
纳什平衡

少年說。「我也愛吃白飯」。他的美食世界還是一張尚未下筆。包含無盡可能的白紙。

两块鸡、两块鱼、意粉、薯条、西蓝花。此后四年就是这套菜单。

“这也是博弈论决定的吗？”我问他。

“可以把每天的‘我’看成一个独立的个体，有很多个‘我’在博弈。每天都吃一样的东西是个纳什均衡。纳什均衡的定义是，没有人有单方面改变行为的动机。如果只有一天改变，便会不习惯。如果很多天改变，可能会很好，但纳什均衡只需考虑单方面改变的情况。”

我正听得入神，他忽然笑了，说：“好吧，事实上是，我只爱吃那些。”

蔡澜笑他是“苦行僧”，但蔡先生也认为，不同的人对世界有不同的好奇心。少年拥有两个世界，一个是“由完美的理想形式构成的晶莹剔透的冰宫”，那是“一个透明的世界”；另一个是素朴节制的现实世界。

少年问蔡澜最爱吃什么，蔡先生说：“白饭。”尝尽繁华之后，终究归于意蕴无穷的平淡。

“我也爱吃白饭，”少年笑了。他的美食世界还是一张尚未下笔、包含无尽可能的白纸。

后　记

我是一个还没成功的小说家。

这是过了许多年后不得不面对的事实。小时候我以为自己能写小说，用圆珠笔密密麻麻写满笔记本，太用力，纸都被戳穿。有一个短篇爱情小说还在杂志上发表过，名字印在封面跟卡佛与安妮宝贝一起（嗯，组合有点奇怪）。那是书报摊依然盛行的年代，我假装不经意地问老板：多少钱？他头也不抬说，二十。那期不知道为什么提价了，我脱口而出嚷道：那么贵！然后马上说：你有多少本，我全买了。一沓杂志捧在手上指给他看，这是我，这是我的名字。他漠然瞟了一眼，连“恭喜”之类的敷衍话都懒得说。但是我已经太快乐了。

后来开了公众号，想写什么就写什么，我浑水摸鱼夹藏私货继续写过一些，有几篇是食物小说，有的是把酒店体验编织成系列短篇，总体而言具体情节欠奉，情绪流动，氛围铺满，反响也还可以。但是我心知肚明自己有一个突破不了的难点：虚构不出来有真实质感的人物，让他们走起来，动起来，用自己的腔调说话，以性格把握命运的走势。小说家有本事造人，我还办不到。

我以前的办法是将熟悉的人改头换面。最得意的那次是高考前那年吭哧吭哧写的一个长篇，野心磅礴，以民国广州为背景，有闺秀有汉奸，甚至还有码头工人，我那时哪谈得上什么人生阅历呀，人物的形象性格、讲话语气统统来自同年级的同学，上上下下写了二十几个人，他们居然一个个惟妙惟肖。简直莫名其妙！笔记本在各班传来传去，大家追看连载，也不当真，只觉得好玩。

可是长大了我却好像失去了这个本领。不是没遇见过有意思的人，事实上，这些年因为工作应酬还接触到了大量的人，多到我对不上号的地步。酒桌饭局，本来也是故事流传与发生地，有人得以写出一部《海上花》，也有人能写《繁花》，我却只是肚皮上白白长了五花。苦闷极了，明明有的人一出场就自带戏剧感，我怎么就不能把他搬到别的舞台上去？

暂时我还没得出什么结论，反正不是能

力不逮，就是勇气不足。现在，我老老实实地来写这些人物自己的故事，不需要我虚构什么，他们本身足够有意思，已经有自己的图案，我“心甘情愿地像描红一样一笔一笔地临摹了一遍”。这些人，都在南方（或至少故事发生地在南方），也就是现在我们所说的粤港澳大湾区，多少都与食物有关，有的是餐厅老板，有的是主厨，有的是食家，有的是饮家，有的以美食摄影为生……将他们一个个描摹出来，竟似一张偏南一隅的美食圈子群像图。于是，佟佟跟编辑刘倩都不禁问我，选取这些人物的标准是什么，华南地区美食圈最有影响力的大佬吗？唔，我没有资格也无意去评定这种榜单，事实上也与此根本无关。我写的这些，都是跟我的生命有过一段交集的人。

我跟他们，有的一起出差旅行过，有的共事过，有的彻夜长谈，更多的，是一起吃过很多很多顿饭。我发现，从一个人对待食物的态度，多少能够看出他的性格、爱好、人生经历、价值观，乃至信仰。认真吃饭的人，都是可爱的。

小说家朱天文是侯孝贤导演的长期编剧，但侯孝贤其实并不依赖她写剧本，而是需要她提供一种氛围，她形容说“那好像看到满目琳琅，遍地珠玑，就差一样什么把这些像一根线的哗啦全部串起来”，这件事她称之为“命名”。我写的这些人行走饮食江湖且已经有了名号，好酒好蔡、大师姐、蚝爷……当我一个个列在纸上时，忽然想到这不是很像唐诺《世间的名字》吗？故事原来就藏在名字里。

顺带一提，我自己的名字因为有个“一”字，这几年工作场合人家客气称呼一声“一姐”，我始终不能习惯，听了总有点不好意思，还好这本书里的大多数人，有时候高兴起来还会喊我“阿一”或是“一一”，就像我们当初认识时那样。

给这本书画插画的骅玺，本身是书法老师，疫情期间闲在家里画画，画酒，画食物，一张张小画太可爱了，我喜欢得不得了，特意飞到南京去央她帮我画插画。说起来，我们最初也是在饭桌上认识的，几乎没有交谈，各自埋头吃饭，没想到几年后有这样的缘分。

我十一年前毕业进入媒体行业，因为这份工作获得不少特别珍贵难忘的体验，我知道自己是幸运的。这些人，都是我在这个阶段所结识的，因工作而始，但最终能将这段关系延续下来，并不完全是因为工作。与其说是我选择了他们，或许该说，是他们选择了我。

当我坐下来一个一个开始回想他们的故事，发现其实这是我自己的故事。

心里还有一个念头，说不定有一天，他们会改头换面，成为我小说里的人物呢？